知的生きかた文庫

結婚しても、しなくても

岸本葉子

三笠書房

結婚しても、しなくても／もくじ

何てったって服

あれも食べたい、これも作りたい

半径一キロメートルの生活

あの頃、私も若かった

体が資本

結婚しても、しなくても

何てったって服

ウエディングドレスは似合わない？

知人の女性が、三十六歳で結婚することになった。とりあえず籍を入れる。式はなし。夫が海外赴任のため、当分の間別居という、夢のない結婚であるが、ウエディングドレスは着るそうだ。

「せっかくだからね。コスプレのつもりで」

旦那が一時帰国した折にでも、「写真だけの結婚式」をするという。

それを聞いた同い年の別の知人は、ひと言「甘い」。彼女も昨年結婚し、式を挙げたが、「ドレス探し」がどれほどたいへんだったかと。レンタルがあるだろうにと思われるかも知れない。式場でも貸し出している。が、彼女いわく、ああいうところのは、フリルいっぱいだったり、誕生日のケーキのようなバラの花に飾られていたりと、どうしても少女趣味。

「こっちは年も年だから式もできるだけ簡素にすましたいのに、ドレスだけ浮くのよ」

しかも試着すると、何か合わない。

「ウエディングドレスというものは、二十代の若い娘が着ることを前提に作られているとわかったわ」

結局、そのへんの店から白いパンツスーツを買ってすましたそうだ。

思い出すことがある。前にコンピューターによる髪型選びなるものをした。ソフトの中のヘアスタイルを、自分の顔の写真と画面上で合成するのだが、ウエディングバージョンを試し、愕然とした。まるで似合わないのである。私はいわゆるボーイッシュなタイプではなく、レースのベールなどいけるのではと、ひそかに期待していたが。とっ替え、引っ替えしてみて、いちばんしっくりきたのは、髪をアップにし、白いプレーンな帽子をかぶったものだった。が、それとても、花嫁というより「ご成婚二十周年記念」という感じなのだ。

（ことドレスに関しては、適齢期はやはりある）

つくづく思った。

今はいろいろな年齢で結婚する女性がいるのだから、ドレス業界にも、もう少し考えてもらいたいところだ。

冬のアイテム

私は寒さに弱いので、冬になるとババシャツを着る。女性用の防寒シャツだ。

このババシャツ、ひと昔前までは肩身の狭いものだった。若い女性が着けるのは、かっこ悪いこと、恥ずかしいこととされていたのだ。

それが、昨今の下着売り場におけるババシャツの進出ぶりは、どうだろう！「ババシャツ」と堂々と書かれたラックが最前列に置かれ、冬の主力商品となっているかのようだ。

加えてババシャツそのものの性能も、格段に向上した。以前は綿のものをしかたなく二枚重ねたりしたが、この頃は、いろいろな化学繊維のが出ていて、薄く、かつ温かい。厚くないということは、ファッション性もアップする。女性たちに受け入れられるわけである。

今や向かうところ敵なしの感のあるババシャツだが、思わぬ伏兵がいた。内外の温度差である。先日は、ツイードのスーツの下にババシャツを着て、ビルの地階のティールームで、打ち合わせをしていた。そのうち、妙にのぼせ、気持ちが悪くなってきた。

（風邪か？）

と思ったが、やがてわかった。ババシャツが強力過ぎるのだ。

人前で調節できないのが、中に重ね着した場合のつらさである。打ち合わせがすむやトイレに向かい、個室の中で、はぎとるようにババシャツを脱いだ。

（はー、暑い）

ババシャツをうちわ代わりにばたばたと肌をあおぎ、しばらくそのまま、汗のひくのを待つ。

が、そう涼んでもいられない。次は九階のレストランで食事付きの会議がある。暖かい空気は上に行くから、今よりもっと暑いだろう。

ブラジャーの上にじかにスーツのジャケットを着て、ババシャツをできるだけ小さく丸め、バッグの底にぎゅうぎゅう押し込んだ。あいにく口がボタンのバッグ。会議中、びっくり箱のように飛び出さないか、不安を抱きつつ、エレベーターに乗ったのである。

会議は無事終了し、地下鉄駅まで歩こうという人たちと、ひとり別れて、またトイレへ。外は寒い。個室の中で、孤独にババシャツをかぶりながら、

(やはり冬はつらい季節だ)

と、しみじみ思うのだった。

まぼろしのサイズ

スカートは七号か九号を買う。

ウエストの寸法そのものからいうと七号だが、冬は中に防寒シャツを着るため、その厚みを計算に入れ、ワンサイズ上にしておく。春夏両用のについても、春はまだシャツを着る可能性があるので、九号にするのである。

夏物は七号。それ以外はゆとりをもたせて、あえて九号。それが自分のサイズだと思い込んできた。

先日、久々に夏のスカートを購入しようと、店で試してみた。が、七号ではどうもきゅうくつだ。入ることは入るが、あまりにぴったり過ぎて、食事の後が心配である。私はかなり腹いっぱい食べる方だ。スカートがきつくて、思うぞんぶん食べられなかった、などということになりたくない。

そうでなくともタイトスカートは、腰周りにゆとりがないので、長く座っている場合を思うと、ゆるめくらいの方がいい。諸々を考え合わせ、九号にした。

しばらくしたある日、家にずっといて、ちょっとしたおやつを食べたりした後、夕飯の買い物に行こうと、ウエストゴムのズボンからスカートに着替えかけて、ぎょっとした。

（し、閉まらない……）

ホックが、受けのホックのあるところまで届かない。下腹がふくらんで、到達を阻んでいるのである。なんということ、私は腰骨が張っているので、これまでもタイトスカートの場合は、ラインをきれいに出すために、夏物でも九号にしたことはあった。が、これはヒップにひだをたっぷりとった、プリーツスカート。腰のせいにはできない、まぎれもなく「腹」のせいだ。

愕然とした。よく中年にさしかかった男性が「この頃どうも、腹が出て」とぼやいているのはこれだったかと、はじめて知った。

しかも、よくよくタグを見ると、このスカートは、春夏両用なので九号。それさえも入らないとは。

男性向けに説明しておくと、婦人服のサイズはふつう、七、九、十一号とあり、九号が標準。七号だった私は、今だから言えるが痩せ形で、女性誌などで「夏までにウエストを三センチシェイプアップしたい！」みたいな特集を目にするたび、(悪いけど、それは私の悩みではないね)と他人事に思っていた。むろん、胸の谷間がどう寄せて上げてもできないといった、ウエスト問題を補って余りある、別の悩みはありはしたが。

それがついに、自分のことになった。これが、いわゆる「太った」ということか。考えてみればこの数年、七号は買っていない。食事の後とか、長く座る場合などの、いわば「特例」として九号も認めてきたつもりだったが、そういうゆとりも、あらかじめ加えてあるのが、サイズというものであり、私はすでに、れっきとした九号サイズなのだ。その九号すら、突破しつつある今。

十一号を越えると、「クイーンサイズ」となり、売り場からして別だ。その前のところでなんとか阻止せねばと、にわかに焦りはじめたこの頃である。

指輪が秘めるストーリー

会社勤めをしていた頃、同期の女性があるときから急に指輪をしてくるようになった。

「ボーナス一括で買った」

と言う。一万九千八百円と指輪としてはそう高くはないが、何しろ給料が安いので、彼女としては思いきった買い物だったのだ。

「いやー、指輪ひとつで、こんなに気分いいとは思わなかった」

事務職だったので、時間中は立ち歩くことが許されない。ワープロの前に座ったら座りっぱなし。そんなとき、ふと手を止めて目をやれば、小さいながらダイヤがきらきら輝いている。すると、何とも言えぬ「うっとり感」が込み上げてくるのだそうだ。相変わらず部長課長がそばにいるが、そのときだけ自分の世界にひたれる。いくら口うるさい職場でも、自分の手を見るくらいは、誰にも文句をつけられない。

別の会社に勤める友人が、「マニキュアを完璧に塗り上げた手を、ワープロのあい間に眺めるのが、ひそかな楽しみ」と語ったとき、

（指輪もこれだな）

と思った。職場でできる、ひとときの気ばらしなのだ。

同期の女性は、はじめは石ひとつの指輪だったが、その後、三連のもの、重ね着けと、どんどんエスカレートしていった。ひとつの手に二本、どうかすると三本もしている彼女を見ながら、

（この人、結構ストレスたまっているかも知れないな）

と思ったりした。

私がはじめて指輪を買ったのは、二十五過ぎてから。何をかくそう、質屋であった。「質」というのれんのかかった店が近所にあり、ショーウィンドウにはいつも貴金属が、たくさん並べてあったのだ。

ある日、通りすがりに何気なく目をやった私は、ひとつの指輪に引きつけられた。パールのまわりにダイヤらしきものをあしらったデザイン。ほんとうかどうか知らないが、「十八金」とある。パールは私の誕生石だ。お値段も一万六千八百円と、「ダイ

ヤ」「十八金」を言葉どおり受けとるならば、高くない。店の人に出してもらうと、中指には入らないが、薬指には、あつらえたようにぴったりだ。さっそく購入することにした。

何といっても、はじめてだ。喜んで着けていた。新聞社の人に、本のことでインタビューをしてもらうときも、むろん、して出かけていった。掲載された写真には、頬にあてた左手に、指輪がしっかり写っていた。

それからが、たいへんだった。新聞を見た親戚から代わる代わる電話がかかってきて、「おめでとう」。結婚指輪と思い込んだのだ。

「あれはですね、質屋で買って、たまたまあの指にしか合わなくて」

と必死になって説明しても、

「まーたまた、言い訳がへたなんだから」

と信じてくれない。「薬指の伝説」が、これほどまでに生きているとは。

着け方に気をつけないと、指輪は何かと物議をかもすと知った。

自分の手を見るたびに、

（指輪向きの手ではないなあ）

と、ひそかにがっかりする。会社勤めの頃、指輪に凝っていた友人の指は、先に向かってすうっと細く、関節がえくぼのような理想的な手だった。

それに比べて私のは、ひと言で言って節くれだっている。

ふだんは左の中指にはめるが、第二関節が通るのは十一号。ただし、つけ根ではゆるゆる。「今では指輪も回るほど」という歌があるけれど、私のは年がら年じゅう、あっち向いたりこっち向いたりしているのだ。

ある日、質屋で買った十号のを、薬指にして出かけた。人と打ち合わせの用事だったが、相手の話があまりに長く、かつつまらないので、私は暇つぶしにテーブルの下で「薬指の指輪をはずしては、中指の第二関節の上で止める」ということをくり返していた。

すると、何のはずみか、すっぽりとつけ根まで入ってしまったのである。しかも、抜けない。内心あせった。やっきになって引っぱるが、第二関節のところでどうしても突っかかる。

青くなって家に帰った。このままとれなかったら、外科に行って切るしかない。いや、切るのは指輪であって指ではないから、金物屋か。

それから、はたと思いついた。よく、石鹸をつけるとすべりがよくなるというが、どうか。

泡をたてて手を洗うと、果たして嘘のように、つるーんとはずれて飛んでいった。勢い余って、危うく流しの穴に落としそうになったくらいだ。

オーソドックスな方法ほど、効くものだと感心したのだった。

指輪のサイズは、スカートのウエストと同じで、必ずしもぴったりとは限らない。私もたいてい合わず、号数が上の方、すなわち大きめの方にする。ウエストのように、(そのうち太るかも知れない)

という頭があるからだ。

「しばらくお着けになってみて、どうしてもゆるいようなら、後日お持ちいただければお直しもできますから」

店員も、大は小を兼ねるとばかりに、そうすすめる。そして、持っていった例がない。ついつい面倒になってしまう。

知り合いの女性の結婚指輪もそうだった。大急ぎで間に合わせたので、少々ゆるいなとは思ったが、

(まあ、後で直せばいいや)

と、そのままにして日々を送っていた。

ひと月ほどして、女友だちと海に遊びに行った。浜べで泳いでいたところ、ふいの高波に巻き込まれ、もがきにもがき、どうにか水の上に顔を出すと、もとの浜べ。幸い溺れずにすんだが、薬指の指輪だけが跡かたもなくなっていたという。

「何でそんなにだいじなもの、海にしてきたの」

友人も、引きつっていた。

「いやー、どこに行くにも肌身離さず着けているのが、妻のつとめと思ったんだけど」

「新妻の心がけ」が裏目に出た。

永遠の愛を誓いながらはめてもらったのに、わずかひと月で「なくしました」とは、さすがに夫に言えないと思い、見た目がそっくりな、プラチナならぬ銀メッキの指輪を、五百円で買って帰ったそうだ。デザインがシンプルなのが幸いした。

以来一年半、夫はまったく気づいていない。

(値段でいえば、百倍くらい違うのに、そんなにわからないものか。あるいは、妻の手なんか見てやしないのか)

と、ちょっと複雑な思いだという。

しかし、だまし続けていつの日かばれたとき、夫婦の信頼関係はどうなるか、気になるところである。

男性が結婚指輪をしているのを、私は好きだ。

学生時代、つき合っていた男性と、何かのきっかけから結婚指輪の話題になり、

「男の指輪っていうのは、どうもなあ」

と彼の方が首を傾げたとき、別にその人と結婚話が出ていたわけではないけれど、

（この人、私の思っていたような人ではないかも知れない）

と、ひそかにがっかりした覚えがある。

逆に、仕事上知り合う人でも、ほかはまったくしゃれっけがないのに、薬指にだけきらりと輝いていたりすると、おおっと思い、信頼度がにわかに上がる。

シートベルトと違って、着用を義務づけられているわけでもないのに、常日頃からちゃんと着けているなんて、

「自分には家庭があります」

と天下に向かって正々堂々と公言しているようで。女性がよからぬ気をおこす可能

性を、自ら防いでいるのである。

週刊誌の「女の事件簿」などでよく、妻子ある人と恋におちた女性が、「結婚していることを、はじめは知りませんでした。つき合ってしばらくしてから打ちあけられて……」と語るが、ああいうことはない。いかにも、清く、正しそうではないか。

と、ある男性に自説として述べたら、一笑に付されてしまった。着脱可能なのが指輪というもの、ふだん結婚指輪をしていようと、

「やるときゃやる」

もしも私が結婚したら、夫には特大のを着けさせたい。結婚後太って抜けなくなれば、なおのこといいのだが。

スカートに振り回されて

某ホテルのティールームで、打ち合わせを終えて立ち上がった私は、（あーっ）と目をむいた。

スカートにシワが寄っている。それも、並のシワではない。足のつけ根の、腰掛けると直角に折れ曲がるところを中心に何本も何本も、象の鼻のようなま横の線が。長い間座っていたからだろうか。

「ど、どうも」

挨拶もそこそこに別れてトイレへ。

鏡を見るといよいよ、「象の鼻状態」があきらかだ。膝丈のスカートの三分の二が、アコーディオンを縦にしたように、ひだをなして縮まっており、

（しばらく立っていれば、伸びてくるだろう）

という甘い期待を、はっきりと打ち消している。

シワごときで、何でこんなパニックになるかというと、この後、仕事で「正しい歩き方」のレッスンを受け、歩く姿の全身写真を撮ることになっている。姿勢がぶかっこうなのはしかたない（むしろ、レッスンの効果がわかっていいくらいだ）が、スカートくらい、シミ、シワのない状態にしていくのは、引き受けた者の責務といえよう。

しかし、何でまたこんなことに。タイトスカートならいざ知らず、フレアの入った台形のスカートだ。足の動きを妨げぬようにと、このためにわざわざ買ったもの。当然、座ってもゆとりがある。

しかも購入に際しては、店員にしつこいくらい確かめた。

「素材がレーヨンとありますが、シワになりませんか」

店員は「あーら」と高らかな声を上げ、

「お客さま、今のレーヨンは昔のとは違って、ほとんどシワが気にならなくなったんですよ」

まるで私が古い人間であるかのように、せせら笑う。

（よーし、そこまで言うんなら）

と金を払った。なおかつ、念には念を入れ、夜中にアイロンまでかけたのである。

あのときのやりとりを思い出すと、腹わたが煮えくり返るが、怒りに身もだえている場合ではない。私はさっそく、ホテル内の電話から、仕事先の会社に連絡した。かくかくしかじかの非常事態が発生したので、至急代わりのスカートを調達し、現地にじかに向かう旨。途中集合して行くことになっていたが、現地直行なら、二十分はかせげる。

その足でデパートに向かった。この前とは別のところだ。婦人服は二階（隣のデパートでは四階で、この二階ぶんのエスカレーターを上る時間も今は惜しい）、スカートならスカートとひとところに集めてあるので、歩き回らなくてもすむ。あれこれと迷う暇はないので、エスカレーターを上る間に、あらかじめ条件を決めることにした。

①台形、②レーヨン以外の化繊、③茶×白のチェック。

②は、ポリエステルなどなら、綿や麻混と違ってシワになりにくいので、そう限定した。③は色的に何にでも合わせやすいから、この先も使え、無駄にせずにすむ。緊急時の買い物においても、モトをとることだけは、しっかりと頭に置いているのである。

合わせやすさだけで言うなら、ベージュも可だが、今日のブラウスが白なので、写真にしたとき、何が何だかわからない。そのため、ベージュにもっとも近い茶×白にするという、短時間の割に、考えに考え抜かれた条件なのだ。

エスカレーターを下りると、案の定、店員の女性がさっそくとばかりに寄ってきた。昼間のことで、客は私くらいしかいないのだ。

「スカートですか。これなんて、流行ですよ」

全然関係ないものを出してきて、試着しろしろと、つきまとう。こんなこともあるかと予想して、前もって条件を固めてきたのである。

私は無駄なやりとりは、おたがいのためにならぬと考え、

「いーえ」

ときっぱり断って、

「私は今、ものすごく急いでるんです」

とあらかじめクギをさしてから、これこれいうものが必要だと、さきの①から③を挙げ、こちらの意図を明確化した。

ところが、店員は聞いているのかいないのか、私の言うことにはまったくお構いな

しに、手あたりしだいすすめてくる。こちらとしては、注意深くベージュを外しているのに、「茶と白なら似たようなもんでしょ」とばかり、ベージュを持ってきてみたり。形もタイトだったりキュロットだったり、もうばらばら。

（台形って言ってるじゃないか！）

と叫びたくなる。時間がないんだ、時間が。

挙げ句の果てに麻などを出してくるので、

「それが、シワにならない生地ですか」

皮肉たっぷりに言うと、

「夏物は季節的にどうしてもね。少しくらいシワになった方が、夏らしい素材感が出ていいんですよ」

などと、しゃあしゃあとのたまう。そういう問題ではない！

そして、彼女のようなしつこい店員に限って、自分のすすめるものを買わないとわかると、お前など客でないとばかり、そっぽを向いてしまうのだ。ひとりで運んできて、ひとりで怒っている。

しかも、売り場にはスカートが一堂に会しているものの、メーカーごとになわばりがあるらしく、ほかのメーカーのは絶対に持ってこようとしないのだ。事実、隣のラックには、私の挙げた条件にほぼぴったりのものがあり、それをつかみ、はったと彼女を睨みつけ、急ぎレジへ向かったのであった。

私は根に持たない性格なので、店員の顔は忘れたが、あの二つのデパートには今後なるべく行きたくない（じゅうぶん根に持っている?）。ああいう売り方では、一度めは買っても二度めはないということを、ようく知ってもらいたいのである。

バッグの中には……

会社勤めをしていたとき、同期に「かほりちゃん」という美人がいた。名から想像されるとおり、色白で痩せていて細面で、男性週刊誌の「街で見かけた守ってあげたい系美人」という写真ページに、歩いている姿を撮られたことで有名だった。

実はこの人ほど、外見と中身が違う人もめずらしい。大食いで、どこでも寝る。豪快な性格なのである。コピー機の前で光を見つめながら、瞬間的に眠りに引き込まれるのを、私は何度も目撃している。

その彼女が、ある朝、新品のブランドもののバケット型バッグをさげていた。

「おしゃれー」

と誉めると、

「違うのよ、これ、お弁当箱入れるのにちょうどいいのよ」

なるほど底の形が、小判形の弁当箱にぴったりだ。彼女のお弁当はドカ弁と言いたいくらい大きくて、バッグを試しに持たせてもらうと、かなり重かった。

別の朝、会社のエレベーターに乗り、

(かほりちゃんがいるな)

と気づいたが、込んでいて声をかけられなかった。エレベーターが上りはじめ、人々の頭の上に静寂が満ちるや、彼女の瞼がすうっと下りる。

(また、寝るぞ)

と思ったとき、突然「ドタン!」と重量感ある音が響き渡った。かほりちゃんがバッグを落としたのだ。

そのときの、周囲の反応の早さ。まわりじゅうの男性社員が、さっとかがみ、六本くらいの手が伸びて、われ先にバッグを拾う。

「す、すみません」

瞬きして居眠りしていたことをごまかす彼女を見ながら、

(まさかあの音がドカ弁の音とは誰も思わないだろうな)

と、ひとり、笑いをこらえていた。

そのときの会社は、制服があり、ロッカールームで着替えることになっていた。ルームといっても、オフィスの一部をロッカーで囲い、カーテンで仕切っただけの、狭いもの。朝は何十人という女性が、いちどきにわあっと詰め込まれるから、相当に込む。

慌ただしく脱ぎ着し、バッグなどの私物はすべて置いて、身ひとつで、混雑から抜け出してくるのが常だった。

ある日、始業後、一時間ほど経ってから、食間の薬を飲もうと、ロッカーに取りにいった。カーテンの中へ一歩入ると、足もとに、定期入れが落ちている。開けて見せる方式なので、外からは、誰のかわからない。

何気なく手にとって、開き、

（あれーっ）

と目を疑った。見開きに、透明のシートのはまった「窓」が二つあり、そのひとつに、先輩が男と並んだ写真が。ドライブ先でのスナップだろう、車の前でしっかり肩を組んでいる。あきらかに「彼氏」だ。

その男が、よりによって、今どきめずらしいリーゼントヘア。菓子パンのコロネのように、中央へぐるりと巻き上げている。しかも、茶髪。清純派の彼女に、およそ合

わない。親でなくても、

「何で、こんな男がいいの？」と問いつめたくなる、組み合わせなのだ。

数日前の、昼休みを思い出した。隣のテーブルで、先輩たちがお弁当を食べながら、男のヘアスタイルの話をしていて、

「昔、トサカ頭ってあったじゃない」

「そうそう、スケバンの女とくっついてたね」

「妙なもんが、流行ったよね」

一同、声を上げて笑った。彼女も話の輪にいたが、内心引きつっていたに違いない。

（いやー、思わぬ秘密が、ひそんでいるよなあ）

定期入れを、彼女に届けるにしのびずに、私はそっと元どおり、床の上に置いた。

別の日の夜十時半、両手に思い荷物をさげ、親の家からアパートに戻ってきた私は、ドアの前でバッグの中を探り、立ちつくした。（鍵がない！）親の家に置いてきてしまったらしい。

がっくりと力が抜けた。これからまた電車とバスを乗り継ぎ一時間、もと来た道を

帰るのか。いや、すでにバスは終わったからタクシーだ。その出費にもめげそうになる。

さすがにもう一往復する気力はないので、親の家に泊まろう。向こうには化粧品はないから、明日はすっぴんで仕事へ直行だ。

せめて荷物を、ドアの前に置いていきたいが、冷蔵庫からもらってきた肉などの生ものが主。駅のロッカーに入れるわけにもいかないし。

などと、頭をいっぱいにして駅に向かい、自動券売機の前で財布を出すと、(あーっ)あるではないか。キイホルダーが、バッグの底に。大きめのバッグなので、いくら中をかき回しても、すみずみまで届かなかったのだろう。しかし、ここで気づいたのは不幸中の幸い。親の家に着いてからでは、立ち直れないものがあった。

その事件から、私はキイホルダーに鈴をつけることにした。猫に鈴をつけたネズミの話ではないが、そうすれば、手が直接ふれなくても鳴るから、少なくとも所在はわかり、(ない、ない?)と、パニックになることはない。

さらに私は、夜、ドアの前でぐずぐずするのは危険と考え、前もって鍵を持つことにした。改札を抜け、カード入れをバッグにしまうとき、引き替えにキイホルダーを探り出し、掌に握りしめる。

　ある晩、ドアを閉めるや否や、電話があった。隣の人だ。

「宅配便を預かってるんだ。チリンチリンて音がしたから、あ、帰ってきたなと思って」

　どきりとした。そんなによく聞こえるのか。これでは、駅からの間も、（これから鍵を開けますよ、ひとりの部屋に入りますよ）と言いふらしながら歩いているようなものである。

　防犯上どちらがいいのか、考え込んでしまった。

　子どもの頃、母をはじめ、まわりの大人の女たちは皆、がま口型の財布を持っていた。それひとつを手に、近所まで買い物に出かける。

　男の人の財布と違い、中がよく見えた。仕切りをはさんで分けてある、十円玉と百円玉。たたんだお札や、「銭亀」のようなお守りまで入っていることもあった。

　とりわけ私が好きだったのは、開け閉めするたび、ぱちんぱちんという、あの音だ。「この中には家計が詰まっています」みたいな、いかにも頼もしい響きではないか。

　学生時代、家を離れ、経済的にひとり立ちしたときも、私が選んだ財布は、がま口型だった。口金の下にブルマーのようなひだを寄せた、丸みのある形。

「がま口型のは、止め金のところから、早くだめになるよ」

まわりからは言われたが、意に介さず、バッグの中で用もないのにぱちんぱちんと開け閉めしては、手ごたえを確かめ、ひそかに悦に入っていた。

あるとき、クラスで合宿に行った。行き帰りの切符は各自買うようになっていたので、駅で並んだ。運賃表に目をやりながら、バッグの中の洗面道具や着替えをかき分け、がま口を探り出す。

料金を見定め、つかつかと自動券売機に近づこうとしたところ、「ちょ、ちょっと、何持ってるの」。クラスメイトの声。

手にはなんと、がま口のつもりで、ワイヤー入りのブラジャーをしかと握りしめていたのである。口金の感じとワイヤーが酷似していたのだ。

社会人になり、財布を新調するに際して、

(もしも、あのような失態を、クラスメイトならぬ上司の前で演じたら、会社人生終わりだな)

との思いが頭をよぎった。組織という知らない世界に対する、緊張感もあった。

そのとき私は、子どもの頃以来のがま口へのあこがれに、終止符を打った。

会社勤めでない今は、自分で立てたスケジュールによって動いているが、記憶力がないので、手帳に頼りきりだ。前にうっかり家に置いてきてしまったときは、外出先で慌てた。二時間おきに別の人と打ち合わせをする日で、そこだと思われる喫茶店に入っても、今ひとつ確信が持てない。

（たしか、ここのはずだけど。それにしても、今から会うのはAさんか、Bさんが先だったか）

まさか時間ごと違ってはいないだろうなと、留守電をチェックしたりして、当の相手が現れるまで、すごく不安だった。

以来、必ず手帳の有無を確かめる。バッグを替える日は、財布や化粧ポーチとともにワンセットで移動させる。

ページへの記入は、人によく会う週ほど、多い。そういうときは、ちょっとした用を忘れそうになるので、ふだんならわざわざ文字にしないことまで書き込むからだ。「××さんにファックス」「資料読み」のように。

すると、それらを線で消していくのが、快感になるのである。とにかく書いてあるとおり動くため、忙しい週は、かえって何も考えずにすみ、楽だったりする。

会社を辞めて留学することになったときも、九月一日の出発までの間、手帳をフル活用した。留学そのものの準備のほか、保険の書き換え、電気、ガス、水道などの清算と、することがかなりあったのだ。八月いっぱい、ページはまっ黒に。

ところが、一日から先は、まっ白。何も書けない。めくってもめくっても、白いページがえんえん続く。

それを目にしたとき、私は何ともそら恐ろしくなった。「留学！」とそれだけをめざして走ってきたのが、

(この先まったくわからない一年間に、私は今、足を踏み出そうとしているんだな)

と、はじめて立ち止まる思いだった。文字どおり明日をも知れぬ日々がはじまることを、手帳を見て、実感したのである。

リバイバルの服

夏はなるべく冷房をかけないで過ごしたいと思っている。ことにうちの冷房は型が古いせいだろう、全力で冷やすか、ぱたっと止まってしまうかのどちらかで、微妙な調節というものができない。ただでさえあちこちにガタが来はじめている体には、すこぶる悪い。

けれどもさすがに三十三度以上になると、じっとしているだけでもがまん大会のように汗が流れ、ものごとに集中できなくなる。なんとかエアコンを使わずに暑さをしのぐ方策はないかと、季節がめぐり来るたびに考えているのだが。

その中で浮上したのが「アッパッパ」。お若い方はご存じないだろうが（私もリアルタイムで知っているわけではない）、大正末から昭和にかけて流行した、夏のワンピースだ。ウエストの切り替えがなく、ゆとりをたっぷりとってある。

昨年夏、親の家に行ったとき母親から、

「あなた、これ着なさい」

と渡され、内心、

(またよけいな世話を……)

と思ったがむげに突き返すわけにもいかず、そのまま持って帰ってきた。ファスナーも開け閉めせず、頭からかぶる方式だ。

袖を通すと、これが実にいい。袖口も襟ぐりも広いので、名のとおり(?)パアパアと風が通る。「熱の放散」ということが、よくよく考えられているのである。さすが、冷房のなかった時代の知恵だ。

夏の部屋着は、Tシャツにイージーパンツがいちばんと思っていたが、考えががらりと変わった。ウエストをしめつけない点で、アッパッパに過ぐるものはない。

さらに、意外なところで役に立つ。この季節、わが家にもたまに「お中元」が来るが、常に出られるかっこうだとは限らない。外出に向けて、着替えているところだったり。

そんなとき、瞬時にしてぱっとかぶれば、涼しい顔で出ることができる。灰色の地に草木の柄と、基本的におばあさんの服。巣鴨のとげ抜き地蔵界隈から抜け出してきたような服装に、お化粧ばっちりだったりすると、配達の人は面食らうようだが、便利さには代えられない。

もう一枚、どこかで探して買おうとまで思っている。しかし、ひと夏これを着続けると、秋の声を聞く頃には、ウエストと腹の区別がなくなっていそうで、怖い。

一点豪華主義で決める

指輪は好きだが、まん中に「でん！」と石が居座っている形のは、どうも手が出ない。マダムのようで、分不相応、年齢的にも不相応だ。

そう思っていたら、ある日、何の気なしに店を覗き、私の視線はダイヤの指輪に吸い寄せられてしまった。

高い石だから、さすがに「でん！」と一個とはいかず、パヴェだけれど、総カラット数はかなりのものだ。今までは、色のある石に目がいきがちだったが、無色透明ながら、色つきをしのぐ存在感なのだ。光の迫力といおうか。

（ほんものは違う）

溜め息が出た。むろん、お値段も十倍違う。

（買うならばやはり、二万円以下のにしよう）

とりあえず店を出、知人との待ち合わせ場所に向かった。

知人に話すと、

「私ならダイヤの方を買うね」

ときっぱり言った。

「ちまちましたのは、二十代のときさんざん買ったじゃない」

たしかに私も「さんざん」というほどではないが、二十七、八になり、ピンクトルマリンやアクアマリンのを、喜んで購入した時期があった。私の二十代は、会社を辞めて職のないときがあったりと、とにかく貧乏だったので、「ジュエリー類を買える自分になった」、そのことが嬉しかったのだ。

それらは結局、似合わなくなり「残らない買い物」となってしまった。そう、小さなものを十個より、大きなものをひとつ、という年齢なのだ。二十代にいやというほど試行錯誤を重ねたから、さすがにもう、衝動買いでも失敗はしないはず。

知人と別れた後の私は、はるかにボルテージが上がっていたのである。

私と同い年のある女性は、七年来、ひとりの男性とつき合っていた。いわゆる不倫である。

不倫でも、長くなるとそれなりに安定期に入るのか、仕事をしつつも、家で食事のできる日は、「彼」と買い揃えた器を、テーブルに並べ、ふたりの生活をしっかりと築きつつあると思われた。

シンガポールに出張に行った彼が、腕時計を買ってきてくれた。彼女が前から欲しがっていたのを、覚えていてくれたのだ。何十万円もするブランド品。いくら好きな相手にとはいえ、思いつきでプレゼントする額ではない。

「これはもう、婚約指輪のようなもの。ふたりの愛の証だわ」

すっかりその気になって、どこへ行くにも、肌身離さず着けていた。

ところが、そうやって人に見せびらかすうち、どうやらそれは、彼女の欲しがっていたブランド品に、非常によく似たデザインのものに過ぎないことが、わかってきた。しかも、彼と共通の知人で、ふたりの関係を知らない人の言により、その出張で、彼は妻には、こともあろうに、ほんものの方をプレゼントしていたことが判明したのである。彼女の愛は怒りと化した。たしかに向こうは本妻だけれど、

(こんな露骨な差のつけ方ってあり?)

家に帰り、腕時計をかなぐり捨てた。

「男にもらわなくても、時計くらい、自分で買える女になってやる！」

次の週、彼女の手首には、ボーナス一括で購入したブランド品が、燦然《さんぜん》と輝いていた。七年来の「彼」と、きれいさっぱり別れたことは言うまでもない。

値の張る腕時計を買った女性は、もうひとりいる。

それは、ひと目で「おっ？」と思わせる代物だった。形はオーソドックスだが、色が時計離れしているのだ。円のところが、トルコブルーと黄色の天然石。

「おっ？」と思ったのは、それまでの彼女なら、およそ選ばないだろうものだったからだ。服も決まって黒かグレー。モノトーンの人として通っていた。

「斬新ねー」

と言うと、よくぞ気づいてくれたとばかりに、

「そうなのよ」

彼女は自分でも常々、保守化の一途をたどっていると感じていた。いわゆるきれいな色にひかれても、買うときは結局いつも同じようなものばかり。仕事の上でも、「ちゃらちゃらした女」と思われないようにとの、いわば防衛本能から、つい黒に頼りがちだ。

それが、この時計に、ぐらりと揺らいだ。トルコブルーは好きな色だ。食器には、ひそかにとり入れている。が、身に着けるものについては、色も形もオーソドックスが、方針だった。コートもバッグも、そうしてきた。

(しかし、考えてみれば、私ももう四十近く。そろそろ自分の審美眼を信じてもいいのでは)

年齢まで出して、決意し、ボーナスで購入したという。

「無難」という、三十代のファッションが陥りがちな傾向から、彼女はそうして、脱却しはじめたのである。

晴れた日曜、知り合いの女性が、うちの前までファックス機をとりに来ることになった。使わなくなったのを、譲る約束をしたのだ。

自分の車で来るという。

(だいじょうぶか?)

受話器を置いてから、不安になった。

彼女はこのほど免許をとったばかり。三十半ば、もの覚えがとみに悪くなり、運動神経も退化しつつあるこの年で、たいしたものだとは思うが。

（ひょっとして結婚？）

子どもができたら電車で連れ歩くのはたいへんだから、結婚を機に車を、という人も少なくない。

（あるいは、すでにしてできているのかも。妊娠が判明したから、急きょ結婚したか）

など、突然の免許の「理由」に、あれこれ想像をめぐらせていた。

と、向こうから近づいてくる車に、目を見張る。まっ黄っ黄のオープンカー。「ヤッホー」とは叫んでこそいなかったが、そういう感じで、ほかならぬその女が手を振っている。高原とか外国の街とかならまだしも、東京のどまん中で、ふつう、そういう車に乗るか、と言いたい。

あざやかに止まった。ツードアで、子どもどころか、助手席にファックスを載せれば、いっぱいだ。完全におしゃれの品。実用的とは言いがたい。彼女にとっては、乗り物というより服や靴のようなものなんだろうか。

あっけにとられている私に、

「後ろ姿が、かわいいでしょ。この姿にひと目惚れして、どうしてもこれに乗りたくて、教習所通いしたんだ」

そ、それだけの動機で免許をとるか。

「私もちょっと、考えはしたけれどね。この年になると、欲しい！　と思うものには、思うだけの理由があるんだよ、きっと」

エンジン音とともに、黄色い風となって、走り去った。ファックスは中古のタダのですませ、車はああしたデザイン優先の新車を買うという、節約と浪費のバランスが、私にはわからない。

会社勤めの給料なんて、そうぜいたくができるわけはなく、日頃はいたって堅実派なのに、突然まわりがびっくりするような買い物をする女は少なくない。

以前ときどきランチをともにした女性は、某デパートのテーブルウェアー売り場を待ち合わせ場所にするのが常だった。

うちのベッドと同じくらいの広い広いテーブルには、インポートの器が、美しくセッティングされている。きれいな絵皿、アクセサリーのようなナプキンリング。たしかに、鑑賞するうち時間が過ぎていくので、おたがい少々遅れてもだいじょうぶという利点はある。

「もしも結婚したら、こんな器でブランチをとるとか」

後から来て、すぐには動こうとせず、うっとりと眺める知人。

「それには、十二畳くらいのリビングのあるマンションが必要だよ」

「この際、マンションなんて言わず、庭付きの家をめざすのよ。芝生からさんさんと日の光が降り注いでいたりして。あー、そういう戸建て買える経済力のある男は、どこかにいないか」

彼女の夢は尽きない。現実は、女どうし、コーヒー代がかからないのでそこで待ち合わせているというふたりであった。

あるとき、同じ場所に行くと、先に来ていた彼女が、そのデパートの袋をさげている。カクテルグラスを買ったという。

「カクテルなんて、飲む習慣あったっけ?」

疑問に思って聞くと、

「あなたね、カクテルグラスだからって、カクテルを入れなきゃいけないって決まりはないの」

グラスを見た瞬間、「おおっ」となった。が、値段にゼロが四つつく。その場から後ずさりし、背中を向けて、おのれに問うた。

(バカな買い物をしようとしているのでは。後悔はしないか)

「それでも、答えは否だったのよ。これほど気に入ったのは、またと出ないと思ったわ、と」

彼女いわく、考えてみれば、自分の発想はいつも「たら」だった。結婚し「たら」こんな器を使いたい、だっ「たら」二つなければ意味ないから、今、ひとつ買ってもしようがない。たしかに、彼女の話に「たら」が多いことは、常々私も感じていた。

「でも、そういうアテにならないもののために、何でも先延ばしするのはよくないって、頭が切り替わった。やはり人間、今は今のためにあるべきよ」

考え方には賛成だが、

(五けたの値段のグラスとは……)

さげている紙袋を、まじまじと見てしまった。

狭い部屋に住む人間にとって、いちばん困るのは、かさばるものだ。服だって、まだ着られるのに、スペースをとるという理由で、処分せざるを得ないくらいである。

なのに、知り合いは、

「よりによってソファが欲しくなってしまったのよ」

「えー、何でまた」

家具なんて、それまで全然興味なかったが、デパートで「健康椅子」のデモンストレーションに引き寄せられ、ぐりぐりとマッサージされていたとき、半開きの目に、向こうの方にあるソファが、映った。同じフロアーで、輸入家具フェアが開催されていたのだ。

なんとも温かみのあるベージュ色。あの重量感は、本革張りに違いない。が、いかんせん、場所をとる。ワンルームマンションに、これ以上向かない買い物はないと思い、そのときはあきらめた。

しばらくして、彼女は仕事の用で、年上の女性のマンションを訪ねた。りっぱなダイニングセットが、部屋のまん中をどっしりと占めている。聞けば、イギリスのアンティークとか。しかし、そこでひとりぶんの夕食というのも……。

「不似合いといえば不似合いだけれど、自分にはまだまだ、とか思っていると、いつまでも同じだからね。無理してでかいのを買うと、自分のサイズみたいなものも、それに合わせて、ぐーんと伸びると思いたいじゃない」

人間、大きなものを買ってしまうと、それを置くべき部屋の方も広くしたくなり、「よし、2LDKに住むぞ」と目標を定めて、頑張るもの。容れ物が中身を決めるのではなく、「中身が器を決める」というのが、彼女の考え方なのだ。

(この人、こうして、女を上げてきたわけね)

と圧倒されて帰ってきたという。

ここまでで、すでにしてばれているように、私の趣味は、かなり地味である。服にしても、

「このスーツならどこに出てもだいじょうぶ」

といったものがないので、仕事上、あらたまった服装をすべきことがあるたび、

「まあ、今回はこれで許してもらいましょう」

ふだん着に毛の生えたようなもので、その場しのぎをくり返している。

先日は、打ち合わせをしていて、

「えーと、予定では」

と手帳をとり出すや、相手の男性が「ふふっ」と笑った。

「その手帳、僕の上司とお揃いですよ」

昨年末、関連会社からもらった、黒い表紙のメモ帳である。

「上司とお揃い」には、からかいのニュアンスが含まれているのを感じてしまった。

この瞬間、「これなら文句を言わせない」という黄門さまの印籠的「決め」の一点を、バッグからさり気なくとり出す。そういうところで、働く女の実力、というか、社会に対する意気込みを示すことに、賭ける人もいる。

また、頭から爪先まで完璧に決めているより、服装はラフなのに、何か「光る小物」がある方が、かえってかっこよいとされたりする。一点豪華主義というのか。

（服も持ち物も暮らし方も限りなくラフなのは、要するに、単なる怠惰か）

と思いつつも、それから抜けられそうにない自分に、あらためて気づくのだった。

メイクの効用

家にいることが多いので、隣町の商店街くらいまでなら、化粧水をつけただけの顔で行ってしまう。気が向いて、かつ時間もあると、化粧をして出かける。といっても、アイラインを引きマスカラもしっかり、のような作り込んだメイクではなく、シミ、クスミをごまかす程度のパウダーをぱっぱっとはたき、口紅を塗るくらいだが。

すると、俄然違うのだ。何がといって、広告のポケットティッシュをもらう率。ふだん、通る女性、通る女性にせっせと配っているというのに、私の前でくるりと向きを変えられ、あれ？　と思うことがある。が、化粧をしたときは、差し出される率が格段に上がる。

内心、複雑である。

（なるほど、これが世間の見方というものか）

別にティッシュが欲しいわけではないが、同じ年齢、同じ背格好で歩いていても、まったく顔を構いつけないと、何かしら「降りている」とみなされるらしい。この人に配ってもしようがないと。

（パウダーをはたいたくらいで何だ。そんなに簡単にごまかされていいのか）

と言いたいが、現実なのだ。

よく、「人は見た目で判断してはならない」と言う。「人間は中身だ」とも。私も基本的にその考えだ。年をとっても、常にものごとに好奇心を持ち、内面が生き生きしていれば、若さがおのずと顔に表れるはず、と。ただでさえ加齢による肌の衰えを、しみじみ感じている私としては、なるべくそう信じたい。

が、自分では同じように「生き生き」しているつもりでも、口紅ひとつ塗るか塗らないかで、反応にこうも差があると、

（中身一点張りでは無理か）

とも思う。内面はだいじだが、何ぶん、外に出るまで時間がかかる。私はこんな人間で、こんなことに興味を持っていて、と理解してもらわなければ、はじまらない。

前に、幅広い年齢層でお見合いパーティーを主催しているご婦人が、インタビューで「男性が女性を選ぶポイントは」と訊かれ、ずばり、

「顔です」

と答えていたのが印象的だった。

「どの年齢層でもそうで、あまりにはっきりしているので、私は一時期、男性不信になるほどでした」

むろん、最終的には性格がものをいうが、それはもっと後の話。

そのご婦人によれば、顔のつくりがどうこうよりも、自分の顔に対する向き合い方、もっと言えば生きる態度の問題らしい。あまりに何もしていなかったりすると、男性としては、

(この人、どこかで人生投げているのでは)

と思う。パウダーくらいというけれど、

(その「くらい」をなぜしないんだ)

という気になるのだそうだ。

そう言われると、わからないではない。できるなら、外見もそこそこ整えておく方が、何かとお得なことは確かだ。

顔についてあまりに怠惰だと、しなくてもいい損をするのである。

化粧法あれこれ

よほど超越してしまっている人でない限り、化粧法が気にならない女性はいないと思う。雑誌で「私のスキンケア」みたいな特集があると、つい読んでしまう。そして、これほど、ばらばらなことが言われ、かつ信じられている分野も、めずらしいのではなかろうか。

マッサージひとつとっても、

「むろん、すべき。新陳代謝をよくし、肌のターンオーバーを促進する」

という説に基づき、「内側から外側へ、指先でらせんを描くように」をせっせと実行している人と、

「へたにすると、かえってシワをまねく、しない方がいい」

との意見の人と。どちらも、それなりに理にかなっているだけ、よけい人を迷わせる。

「皮膚を引っぱるからいけないのであって、掌でそっと押す。それだけでも新陳代謝は促される」

との折衷案も出たりする。

女性どうし一泊旅行したりすると、人によってほんとうに違うので、唖然とするほどだ。

「スキンケアは洗顔から」

の精神で、日に何回も洗う人。彼女のまわりではそれが主流で、会社勤めの人は昼休みにいったんメイクを全部落としてやり直し（昼休みの半分はそれでつぶれる）、主婦ならば家にいる間、暇さえあればしょっちゅう洗っているとか。それに対し、

「いや、トラブルのもとは洗い過ぎなんだってよ」

と異を唱える人も。彼女が読んだ雑誌には、専門家の話として、乾燥肌や小ジワなど、肌の悩みとして挙げられるものの多くは、皮膚の表面がはがされて、ターンオーバーが追いつかないことによると書いてあったそうだ。「専門家」と聞くだけでぐらつくなんて、自分たちがいかに情報に振り回されているかわかる。

「お湯はだめ。水はいい」

と信じている人もいた。毛穴を引き締めるべく、できるだけ冷たい水を、ぱんぱん！　と両手ではげしく打ちつけることを五十回くり返すという、ほとんど修行者のような儀式をとり行うのである。

「顔は洗わない」

と言い切る、剛の者もいた。肌にとって必要な脂を落としてしまうからと。その話を、またほかの人にすると、すかさず、

「あーら、それだと、汚れまで詰まったまんまじゃない。汚れは落とし、脂は脂で補うために化粧品があるんじゃないの」

との声が。ううむ、それもうなずける。

スキンケアについてはどうも、極端に走る傾向があるようだ。何をしてもめきめき肌が美しくなるわけではないので、信じ込まなければやってられないせいもあるが。そしてまた、それを上回る「理屈」のものに出合うと、ころっと乗り換えたりする。

「フツーにしてればいいんだよね、フツーに」

疲れ果てて、友に同意を求めると、

「でも、そうしたらフツーに老けていくんじゃないの」

と、あっさりと言われてしまった。

メイクもそうだ。「肌をいためつけるので、何もしない方がいい」とも言うが、二十代後半を過ぎて何もしないでいられるのは、よほど勇気のある人だけだろう。

私はむろん流行のメイクをしようなどという気はなく、ひたすら、肌の衰えをカバーするため。しかし、それにもまた、いろいろな考え方があり、そのたびに試行錯誤をくり返してきた。

ある化粧品会社の美容部員は、

「年をとったら、何よりも赤み。血色よく、肌を生き生きと見せるのよ」

と力説したが、その人のおてもやんのような頬紅に、内心ひそかに、

(これは、いただけない)

と思った。また、テレビで演歌系の歌手のアップを見るにつけ、

(厚化粧になる原因はマスカラにあるな)

と考え、アイラインのみにすることにした。シミ、シワは隠したいが、基本はあくまで、ナチュラルメイクでいきたいのである。

すると、別のメイクの人が、

「いーや、アイラインこそ厚化粧に見える原因」

と言う。涙は少しずつ出ているものだから、目のまわりにどうしても流れ、クマのようになってしまう。

「アイラインは引かない、代わりにマスカラで目を大きく見せる、ただしマスカラをつけてからまつげを必ずとかす」

が、その人の裏ワザだそうだ。

そうこうするうち、ある本で、

「元気に見せるには黄色みこそだいじ」

というのを読み、

（これだ！）

と膝を打った。黄色のファンデーションをベースにするのが、自然な肌色を作るコツと。たしかに女性誌のカラーページによくある、パーティーに出席した芸能人のショットでは、フラッシュのせいもあってか、首から上だけオカルト的なピンクに光り輝いていたりして、

（あれだけは避けたい）

と常々感じていたのである。わが意を得たりというわけで、しばらくは「アイラインなし、黄色ベース」時代が続いた。

その私に、とある雑誌でメイクをしてもらう機会がやってきた。アンチエイジングメイク、まさに年齢をカバーするメイクである。

そこで言われたことは、なんと、黄色は逆効果。黄色ベースで健康的にというのは若いコの話であって、私たちの年ではかえってクスミに間違われると、本の人とは、まるで正反対のことを言う。

しかも、アイラインは引く、今は筆ペン式のものがあり、カートリッジで中からインクがしみ出すので、昔のリキッドのように目張りっぽくはならない。筆の先でまつげの間をうめるようにすれば、いかにも線を描きました的にはならず、目を際立たせることができると。日頃より、マスカラだけの力では限界を感じていた私なので、この新兵器は、頼もしかった。

あっぱれと思ったのが、眉と唇。その人によれば、そもそも肌の衰えとは、シミ、シワといった部分よりも、顔全体の輪郭が下がってくること。ありていに言えば垂れるのだ。

そこでポイント、ポイントに上がるラインを作り、全体にリフトアップした印象を作り出す。人間の「目の錯覚」を利用するといっていい。

眉ならば、眉頭は下に、眉尻の方は上に描き足して、いわば斜めに修正する。唇は下がりぎみの部分は白いペンシルで消して、きりっとした縁どりを描き、その中だけ塗る。こうなると、ほとんど「絵画」の世界である。

このうちのいくつかを、私は実行し、人にも言いふらしてきた。が、それがベストかはわからない。この先、より納得できるものがあれば、簡単に乗り換えてしまう気がする。

情報に右往左往している自分を思い知る。これこそが、悪あがきなのだろうか。

ブランドおばさん頑張れ

ひとり暮らしの私の家には、人様をお通しできる部屋がないので、仕事の打ち合わせは、昼間ホテルのティールームなどですることが多い。そこで圧倒されるのは、まわりの女性客たちだ。どのテーブルも、女、女、女……。さすがに子育てまっ最中みたいな年の人はおらず、五十年配、六十年配である。

「化粧品が安く手に入るんだけど、あなたも、どう？」

「あらまあ、その口紅の色、すてきねえ」

賑やかなお喋りに、こちらの声もかき消されるほど。

先日は、隣の席のふたりが、女優の誰かれについて、整形しているかどうかを論じていた。

「絶対そうよ、わかるわよお」

一時間えんえん「シワと整形」の話をし、コンパクトに向かってしっかりと口紅を塗り直して出ていった。「す、すごいですね」男性の編集者は、呆然となっていた。

彼女らの勢いを目にするたび、私はいつも母のことを思う。

彼女には、こんなふうに友だちと喫茶店で喋ったことがあるだろうか。おそらく茶飲み友だちひとり、いないのではないか。そもそも彼女には、家庭と離れて自分だけの楽しみを持つといった、発想そのものがなかったようだ。「子の喜びが自分の喜び」という人で、遊ぶとか着飾るということは、悪であるかのように考えていたフシがある。

時代や教育のせいもあるだろう。母の生まれたところは、もともと華美を好まない土地柄らしい。その上、母の父が早くに亡くなり、母の母が学校の先生をしながら、子どもたちをどうにか育てていた。娘ざかりは、戦争のまっ最中。「ぜいたくは敵」だったのだ。

しかし、シワと整形の話をしていたふたりが、母とたいして変わらない年だったのを思うと、時代のせいばかりにはできない。

結婚生活も、母の価値観を強めるものとなっただろう。当時、父は公務員だったが、その頃は日本全体が貧しかったのか、週刊誌で言うような、ブランド品の付け届けなど、「どこの話？」という感じで、母は化粧もしなかったし、子どもたちも従姉妹からのおさがりをよく着ていた。そんなふうだから、母がバーゲンに行くとか、自分の服を買ってくるのなど見たことがない。

そのうち父は民間の会社に移ったが、そこも辞め、さらなる貧乏時代がはじまった。母も時給何百円で働きに出、楽しみのためにお金と時間を使うなんてとんでもない、という思いが、ますます強まったに違いない。

その価値観は、私にも長くあって、自分で働き、そこそこの経済的なゆとりができるようになっても、おいしいものを食べに行くとか、電車賃を使って行楽に出かけるとか、そんなささやかな楽しみを受け入れられるようになるまで、かなりの時間がかかった。

今、ホテルのティールームで口紅がどうのと話している女性たちを見ると、溜め息が出るし、「自分の母がこういう人でなくてよかった」とちょっとほっとしたりもする。が、ほんとうにそうだろうか、とも。化粧品に対してであれ、美や若さに対してであれ、彼女らには欲があり、そのぶんパワフルである。

私の母の、子のことのみに心をくだき、自らは求めるところの少なかった生き方を、えらいと思うし、頭が下がるが、一方で老いたとき「子や孫の訪れのみを待つ老母」になってほしくないとも思う。

してもらうだけ、してもらっておいて、今さらこう言い出すのも気がひけるが、母の人生は母のものだ。趣味でも何でもいい、家族以外のいろいろなことに喜怒哀楽を見出して、生きることそのものにもっと貪欲になってほしい。そのひとつとして、仮に「ブランドばあさん」になったとしても、私は全然がっかりしないどころか、むしろ応援するくらいの気持ちでいる。

背広を脱いだら

夏は不機嫌な人が多い。特に、五十代とおぼしき男性。

先日も向こうから、顔をしかめ、何やらぶつぶつ言い続けつつ来る人がいるので、すれ違いざま耳をそば立てると、

「暑い暑い暑い暑い」

暑さをえんえんかこちながら、歩いているのである。きっと彼は何をしていても、片時なりとも暑さを忘れることはできないのだ。

こういう人には、駅のまわりでよく出くわす。ネクタイを締めているから、サラリーマンだろう。眉間にシワを寄せ、ハンカチで顔のまわりじゅう拭き回すが、拭いても拭いても汗が流れ、ハンカチが追いつかないようだ。胸もとには、ワイシャツがぐっしょり張りつき、アンダーシャツの「U」の字の襟ぐりが透けている。

そんなに暑ければ、まず背広を脱いだらどうかと思うが、のちに知り合いの男性に

聞いたら、

「背広を腕にかける。その腕の暑さとうざったさが、がまんならない」

のだそうだ。こういう人が、月末の銀行のカードコーナーなどに入ってくると、悲惨である。長い列を見るなり、舌打ちし、

「何だって、こんなに人がいるんだよ」

ま後ろで聞こえよがしに言われると、「お前だって、そのひとりだろう」と振り向いて、言いたくなる。

「何で、こんなに時間がかかるんだ。もう少し、能率的にやれないのか」

ぶつぶつとくり返しては、扇子をやたら動かして、十秒おきに「はーっ」と大きな溜め息をつき、落ち着かないことこの上ない。いらいらしても、待ち時間が短縮されるわけでもないのに。

操作法がわからず機械の前で立ち往生する人がいると、ほとんど憎悪の目を向ける。

「取扱中止」の札が出ようものなら、

「何やってんだ」

と、係員につかみかからんばかりになる。

この前は、喫茶店にいたところ、仕事上の関係とおぼしき男女が入ってきた。私の隣の席に着きアイスコーヒーを頼んだ後、女性の方がにこやかに「暑いですね」と話しかけると、男性が、

「言わないで！」

いきなり叱りつけるような、すごい剣幕でさえぎった。

「言うとよけい暑くなる」

ああいう人は、はっきり言って、歩く不快指数である。自分の不快に、他人をも巻き込むのだ。部下のたいへんさがしのばれる。夏の間は、腫れ物にさわるような態度だろう。

こうなるのも、蒸し暑い日本の夏に、背広を着ようとするからだ。昔のニュース映画などを見ていると、銀座のどまん中の通りでも、背広の人が少ないのに気づく。人品いやしからぬ紳士が、開襟シャツに帽子で歩いている。冷房のない頃は、おたがいそういう服装を認め合っていたのである。

来年の夏からは、各社揃って背広をやめたら、冷房もがんがんに利かせなくてもよくなり、電気代の節約にもなると思うのだが。

安物に注目！

前は服を買うのは、もっぱらデパートだったが、ここ数年、別に不況を意識したからではないが、スーパーにシフトしつつある。

前の冬のはじめ頃だったか、新聞に入ってくるチラシを眺めていて、スーパーのに目がとまった。モデルの着ているセーターとパンツが、思いのほかいいではないか。

スーパーの「衣料品」なんて、肌着と靴下くらいのイメージしかなかったが、変わりつつあるらしい。社会見学を兼ねて、出かけていった。

たしかにいろいろある。しかも「着やすきゃいいでしょ」といった投げやりな態度ではなく、結構いい線をいっている。昨今のスーパーは、流通だけでなく、商品開発にも力を入れているのか、オリジナルブランドまであり、例えば世間が「この冬はプリーツが流行」としたらプリーツをとり入れるなど、そこそこのおしゃれ心を満足させるようにはできているらしい。むろん、価格がデパートよりひとけた安いことは言うまでもない。

（なるほど、こうなっているのか）

感心し、ついでに三千九百円のセーターを一枚購入した。

このセーターは、重宝した。それを着て都心に行こうとまでは思わないが、近くの喫茶店くらいならじゅうぶんだ。

私は人間が小さいから、高いものだと、どこかに惜しむ気持ちがはたらき、

（なるべく、消耗させないように、させないように）

と、ついつい登場回数を控えめにしがちだ。そうしてしまい込むうちに、趣味が変わって、ほとんど着なくなってしまったり。

そこへいくとこのセーターは、ひと冬の間よく着た。シーズンが終わり、

（まあ、これでだめになっても、モトがとれた）

とクリーニングに出さず、うちで洗濯機にかけたが、型が壊滅的に崩れるわけでなく、ピンピンしていたのには、恐れ入った。

この夏は、スーパーからさらにもう一段階、ディスカウント店に進んだ。春先に近所の商店街で「倒産処分品セール！」というのをしていて、千円のシャツブラウスを

二枚、色違いで買ったのだ。仕立てがものをいうシャツのこと、質に関しては半信半疑で、

（一回洗ったら、ほどけてしまうのでは）

とあやしみつつも購入した。

このシャツも、何回水をくぐったか、わからない。私の春から夏の服装の定番は、シャツブラウスに綿パン。汗をかく季節なので、二枚のシャツを交互に洗っては着、をくり返した。タオルなどといっしょくたに、ネットにも入れず、洗濯機に放り込む。

（どこまでついてこられるか）

と、千円シャツの耐久性を試すような気持ちもあった。それが、ボタンひとつとれもせずに、ひと夏の使用に耐え抜いたのは、りっぱである。「安かろう、悪かろう」との先入観は、完全に払拭《ふっしょく》された。

秋口の今は、近くのジーンズショップの店頭ワゴンに出ている、五百円のトレーナーにひそかに注目している。自分の中の、服の値段に関する基準が、どこまで下がっていくか、楽しみである。

あれも食べたい、これも作りたい

土鍋はえらい

ひとり暮らしで役に立つものは？　と問われたら、私はまっ先に「土鍋」と答えたい。土鍋こそはおおぜいで囲むものの代表例で、ひとりの食事とは関係なさそうなイメージがあるが、ここで言うのは、いわゆる「鍋」のときに使うものと違い、小ぶりの土鍋。そういうものを売っているのだ。直径は十八センチ。

スーパーでたまたま目にとめ、ほんの出来心から買った。それが、これほどまでに広い用途があるとは思わなかった。和洋中、あらゆる汁物や煮込みに。水、ダシもしくはスープの素、肉、魚、野菜と次々放り込むだけで、いろいろな栄養素がひとつの料理でとれる。火にかけていた鍋から、じかに食べられるというのが、特筆すべき点で、それにより器がひとつですむのである。

麺類もしかり。麺はどうしても、ゆでる鍋とつゆを作る鍋との二つが要るが、後者が丼を兼ねることで、洗い物がひとつ減る。

「そんなせこいことをしても、たいして家事の軽減にはならないだろうに」

と呆れられるかも知れないが、どうしてどうして。十が九に、ではなく、三が二になるのだ。割合からすれば大きい。

「鍋なんて、冬季限定品だろうが」

との声にも、私は強くノーと言おう。夏の暑い日など、キムチ、ネギ、ニラ、豆腐を入れ、熱々のそれを、ふうふう言い、顔をまっ赤にしながら食べる。格闘技を終えた後のように、汗がだらだら流れ、それだけで、サウナ一回ぶんくらいの効果はある。

いつだったか実家に行ったら母が、テレビで見て驚いたという例を話しはじめた。都会で暮らす女性の生活を「密着取材」したものらしいが、その中で、焼きソバを作ったのを皿に移さず、テーブルに置いたフライパンから、じかに食べていたそうだ。

「あなたは、そんなことしてないでしょうね」と睨むので、

「まさか。よっぽど若いコの話でしょ」

と笑いとばしたが、考えてみれば、原理的には同じような。

土鍋は今や、四季を通じて、私の生活になくてはならぬものである。

年末年始「鯛」騒動

年の暮れ、親の家に行き、正月の食料品の買い物について相談していたら、父母が、「明石の鯛が来るから」

思い出した。昨年も今頃来た。父の知り合いから業者を通じて送られてきて、文字どおり尾頭付きが、堂々と箱に入っていた。さすが明石の鯛だけあり、おいしかったことは言うまでもない。

師走に入って、たまたまその人と会ったとき「今年も送りますよ」と言っていたそうだ。

「大晦日の夕飯は、年越しそばのほか、特に何もしなくていいね」

「そう、明石の鯛があるし。あれをちょっと焼き直して」

何しろまるまる一匹、家族皆でもかなり食べでがあったのだ。

「お雑煮用の鶏を買わないと」

「明石の鯛でいいんじゃない？　椀だねにするくらいだし」

「豪華なお雑煮になるね」

期待は、いやが上にもふくらんだ。

三十日は来なかった。三十一日はもう今日しかないと、家族交代で誰かしら必ず家にいるようにした。トイレにいても、今にもチャイムが鳴るのではないかと、そわそわする。が、鯛からはいっこうに音沙汰ないまま、大晦日も早、夜に。

「元旦に来るんじゃないの。お目出たいっていうくらいだから」

「そうそ、お歳暮じゃなしに、お年賀のつもりで元日に合わせて送って下さったのよ」

来る年に望みをつないだ。

元日の朝、その人から新年を寿ぐ電話があった。まさか「明石の鯛はどうなってますか」とは聞けず、父は通りいっぺんの挨拶をして受話器を置いたが、はて、どうしたものか。三人で顔を見合わせる。とりやめなら構わないが、先方は先方で送ったつもりで「礼のひと言もないとは」と気を悪くされても、困る。今しがたの電話も、私たちから何も言ってこないので、しびれを切らしてかけてきたとも考えられる。

とりあえず雑煮は、煮しめの鶏を流用してすませた。

二日の昼、年賀状をとりにポストへ下りていくと、目の前にちょうど宅配便のトラックが止まっている。しばらくようすを見ていたが、思いきって声をかけた。

「あのー、四××号室ですが、何か届け物はありますでしょうか」

ない、とのこと。

「そうですか」と肩を落としてから、今の聞き方はかなり唐突だったかも知れないと思い、

「いや、その、いつも四階まで上がってきていただくの申し訳なくて、あればと思って」

などと言葉を濁して、立ち去った。

こうなると、「明石の鯛」というのが、アダになった。「明石の」と産地付きでずっと思い描いてきたために、ただの「鯛」より、味その他に関する期待が、よけい大きくなってしまっていたではないか。

その後もう一度、父はその人と電話で話す機会があったが、真相を確かめられずにいる。あの鯛はどこに行ったのだろう。

健康食に凝る

今の世の中、食生活が気にならない人は、いないと思う。健康ブームで、ガン予防にはビタミンAがいいらしいとか、青魚はコレステロールを減らすとか、情報は入ってくるものの、忙しさにかまけ、外食したり出来合いのものですませたりしている、このギャップ。

野菜がどうのとうたった缶ジュースが自動販売機に並び、コンビニにまで栄養補助食品が売られているのを見るたびに、

（みんな、気にはしているのだな）

と思う。

女性は三十過ぎで、食生活改善に目覚める人が多いようだ。男性はどうか知らないが、女性はその年になると、がくんと体力が低下して、二十代と同じにはいかなくなる。加えて、肌の老化も進み、化粧品などでもって外側から何とかしようとするのに

は、限界を感じてくる。

（まずは食生活から正さねば）

と、にわかに力が入るのだ。

とりあえず料理の本を買ってくる。先生の写真が和服を着た年配の女性だと、なおのことい い。「おばあちゃんの知恵」的な説得力がありそうで。

が、本を開くと、いきなり関門に突き当たる。「だし」である。このての本の冒頭はたいていだしで、「だしくらい、自分でとりましょう」という。

そもそもだしには一番だしと二番だしとがあり、かつお節のかたまりと昆布を買ってくるところからはじまる。一番だしは、昆布を一時間前から水につけ、かつお節を削り、鍋を火にかけ、沸く前に昆布をとり出し、削り節を加え、二番だしは……。

読むそばから挫折する。「だしくらい」と言われても、その「くらい」が、なかなかできないのが現実だ。健康のために一日一万歩歩きましょうというのと同じで、

（わかっちゃいるけど……）

なのである。

そこで私は、自分なりに基準を下げることを考えた。かつお節はいちいち削るので

はなく、パックの削り節でいいことにする。味噌汁には、袋半分くらいを放り込む。そして、だしがらも具とともに食べてしまうのだ。

煮干しについても、頭と腹わたをとるなんて手間のかかることはせず、袋からひとつかみとり出したら、その拳を鍋の上に突き出し、握力計を握るときのように、ぎりりと締めて掌で砕き、指を開くだけ。化学調味料を振るのと、所要時間はほぼ同じだし、骨まで食べるので、カルシウムもとれる。その代わり苦くないよう、まるごと食べる用に売られている商品を使うなどして、ちょっと凝る。

昆布や干し椎茸は、ハサミで切って、だしというより具のひとつとして、根菜とともに煮てしまう。

根菜の煮物、豆腐の味噌汁、おひたし、アジの干物をテーブルに並べると、（おお、健康道まっしぐら）

と自画自賛したくなる。野菜といえば千切りキャベツくらいですませていた二十代の頃と比べれば、長足の進歩だ。和服の先生にすれば、言いたい点は多々あろうが、自分流にアレンジし、手抜き健康料理を楽しんでいた。

が、その私も引っ越しの前後、外食が続いた。駅、ひとつぶん移るだけなのだが、台所の品を前もって片付けたりで、どうしても家で作らなくなる。しかも、今度の家の近所のスーパーは、七時に閉まる。前のところのは八時まで開いていた。この一時間が大きい。

そうこうするうち、だんだんに体調が悪くなってきた。外食だとどうしても野菜が不足する。

二週間ほどしたある日の夜。帰りの電車に揺られていた。八時近く。今日もスーパに行けなかった。前の家の駅にさしかかる。

そうだ、ここのスーパーなら、滑り込みでまだ間に合う。そう気づくや、突然むらむらっときて、途中下車して、スーパーに向かったのである。

緑あふれる食料品売り場に足を踏み入れるや、私はおおっと雄叫びを上げそうになった。これぞ、私の求めていたもの。私の目は、らんらんとしていたはずだ。

閉店を告げる「蛍の光」に急かされながら、片っぱしからカゴに入れて、はちきれんばかりの袋を両手にさげ、再び電車に乗って帰った。

家に着くや、小松菜の炒め物、糸こんにゃくとマイタケの煮物をものすごい勢いで作り、息も継がずにわしわし食べた。われながら、どこに入っていくのだろうという感じだった。頭でなく、体が欲していたのだろう。思えば、みごとに食物繊維ばかり。しかし、考えるより先に、体が自主的に足りないものを補おうとする。そういう体になったとは。

（健康道に邁進《まいしん》した成果だわ）

と、少し気をよくしたのだった。

流行りのメニュー

前に書いたエッセイを、読み返したりすると、

(私はこんなことに凝っていたのか)

と意外に思うことがある。特に食べ物が多い。

ひと頃は、スコーンばかり作り続けた。朝のパン代わりに、お茶の時間に、一日に何回となく食べ、飽くことを知らなかった。冷蔵庫の中には、常にスコーンを絶やさなかったし、材料の何を何グラムかも、すべて頭に入っていたほどである。

それが、はたと、憑き物が落ちたように作らなくなったのだから、不思議なものだ。やめたきっかけは特にないが、たぶん十年ぶんくらいのスコーンを食べ尽くしたからではなかろうか。

ひとりの食生活にも、流行りすたりは結構ある。知人はついこの前まで、フレンチトーストにはまっていた。出張先のホテルでの朝、久々に口にし感動、

（そうだ、こういう食べ物があったではないか）

と思い出し、以来、朝食はそれとなった。「あの味」を再現すべく、砂糖の量を増減したり、卵と牛乳の割合をいろいろと試したりと、実験にいそしんだ。

（こりゃあ、カロリーが高いぞ）

と知りつつも、やめられなかった。卵と牛乳の消費量は、ぐんと伸びたという。

また、実験の結果、やはりバターをたっぷり入れた方が、どうしてもおいしいことがわかり、いよいよ高カロリーになっていった。

一か月間、毎日食べ続けたところで、体重計に、三キロも太った事実を突き付けられ、さすがにやめたそうである。

同居人がいれば、来る日も来る日も同じものを作っていたら、クレームのひとつもつくだろうが、ひとりだと自分が「もういい」と思うまで、とことん極めなければすまないのが、怖いところだ。

（何ごとにも、止めてくれる人というのは必要だわ）

と、スカートのホックをひそかにはずし、安全ピンをかけている知人の姿に、思うのだった。

台所道具あれこれ

三十を過ぎたあたりから、こまめに食事を作るようになり、さまざまな道具を買い足してきた。出刃包丁、すり鉢とすりこ木、鉄鍋、木製の落としぶた。子どもの頃、家にあったものばかりである。逆に、その後の自分の食生活は、長いこと、そうした道具なしですませていたのだ。包丁も、この前までは、菜切り包丁だけだった。

また、昔はごくふつうに目にしていたのに、今ではほとんど見かけなくなったものもある。蝿帳がそうだ。食べ残しのおかずにかぶせる、蚊帳のようなもの。冷蔵庫が現れ、そちらに入れる習慣がつくにつれ、だんだんに使われなくなったのだろう。

わが家の電化について、母に訊ねたことがある。それによると、冷蔵庫を買ったのは、昭和三十四年の春。それまでは、どうしてたのかと訊くと、

「毎日八百屋さんや魚屋さんに行けばよかったから、不便とも感じていなかった」

姉が生まれて買い物に出にくくなったのと、引っ越したのを機に、購入したそうだ。

父の給料の何か月分にもあたるものなので、月賦にした上、母の実家からも、なにがしか出してもらった。

電気釜も、やはり三十年代半ば。わが家の台所が大きく様変わりした時期と言えそうだ。

次なる変化は、何と言っても、六十年代の電子レンジの登場である。私はすでに両親とは別に住んでいたが、親たちがまず買ってみて、

「実に便利だ」

「冷やご飯が、あっという間に温められるよ」

と口々に褒めそやすので、購入した。引き換えに蒸し器の出番はめっきり減り、流しの下にしまい込まれた。それを、この頃になってまた、引っぱり出してきた。使いこなせていないのか、電子レンジでは、芋などはどうもふっくら蒸せないのだ。

すり鉢も、登場回数が増えたクチである。フードプロセッサーもあるにはあるが、つぶすだけならともかく、和え物となると、すり鉢ならそのまま器になる。洗う手間を考えると、この方がむしろ楽だったりする。

古いものをあらためて使いはじめたのは、懐かしさや美学からではない。それはそ

れで理にかない、使い勝手がいいばかりか、料理によっては、なくてはならぬものだからだ。煮汁が魚に回るためには、落としぶたが、やはり欲しいし、先の四角い菜切り包丁だけでは、そもそも魚がさばけない。

私の台所は今、「新旧共存」でたいへん込み合っている。

やきもの入門

三十になるまでは、食べるときの器なんて何でもいいくらいに思っていた。ご飯茶碗ならご飯茶碗の、湯呑みは湯呑みの用をなしてさえくれれば。

友人は結婚早々、夫がやかんの口から水を飲む姿に、ショックを受けたそうである。呆然としている妻に、夫は「何？　どうかした？」

彼はひとり暮らしが長かった男だが、その間、家に皿というものを持ったことがないという。ラーメンは鍋から、焼きソバはフライパンからじかに食べる。まさに「食器のない生活」をしていたのだ。

私はそこまではいかないが、食器に求めるのは機能オンリー、色、柄は問わなかった。二十代の頃は、収入の半分以上が家賃に回ったせいもあろうが、それだけではないだろう。

あの頃は全体に、身のまわりのこまかなことごとに心が向いていなかった。お風呂なんて、バスタブがせっかくあっても、石鹸でごしごしして、シャワーで流すだけ。

(汚れがとれさえすればいいんでしょ)

式の考えが、万事にわたっていた気がする。

そんなわけで、食事は家で作る方だったが、商店街の景品でもらった瀬戸物にご飯をよそい、何も感じないでいた。

それが、三十を過ぎたあたりから、少々変わってきた。仕事をすませて、熱いお茶をいれ、ゆっくりとすり上げたとき、湯呑みのプリント柄が思いきりずれていたりすると、

(なんかなあ……)

と、つぶやく。せっかくなら、もう少し何とかした湯呑みで飲んだ方が、ほっとひと息効果も増すのでは。

経済的に少しゆとりができたほかに、年齢的な変化もある。世間では老いについての本がたくさん出ているが、

(そうだっ、こういう器を愛でるといった気持ちをはぐくむことこそ、よりよく年をとることではないか)

と、気の早い私は三十二、三にして考えたのだ。

といっても、やきもののことなど全然わからないので、とりあえずデパートの和食器売り場に、湯呑みを見にいった。備前、三千円。悪くはないが、今ひとつ。隣にあるものの方がいい。

隣、その隣と、どんどん横にずれていったら、気がつけば三メートルほど移動しており、しかもお値段は一万円以上になっていた。シロウトの目には、ことやきものに関しては、質と値段は比例するように思えてならない。

（これは、手ごわい）

というのが、その日の感想。買わずにすごすご帰ってきた。

デパートには、その後何回も足を運んだ。が、服などと違いバーゲンはないようで、いつ行っても同じ値段である。

古道具屋なら少しは安くなっているのではと思ったが、どうして、どうして。ちょっといいなと手にとると、その手が硬直するほど高い。

困ったことに、古道具屋通いを続けるうちに、それまでは何とも思わず使っていた景品湯呑みが、どんどんわびしく感じられてきた。前に、美術商の人からまた聞きした話だが、その人は若いとき、良寛さまの書がしまってある納屋のようなところに、一か月間寝起きしたそうである。起きて何をするでもなく、ただ座っている。そうしてほんものだけを見ていると、のちに贋物《にせもの》に出くわしたとき、何か違う、とわかるそうだ。どこがどうというより前に、（?）と直感するらしい。美術商になぞらえるのはおこがましいが、似たようなことが、私の中にも起こったのではなかろうか。

正月は親の家に行った。おせち料理を食べようというとき、母が久々に出してきたとり皿に、私はおおっとなった。むろん柿右衛門であるはずはないが、それふうの赤絵。

考えてみれば、母は佐賀の人、有田、伊万里、鍋島焼の佐賀である。この皿も嫁入り道具に持ってきたもので、そう言えば子どもの頃の正月も、この上に栗きんとんだの黒豆だのをとり分けていた。よくぞ割らなかったものと、今さらながら身がすくむ。

もったいないと、後ずさる私に、
「そう言って使わないものはもっともったいない。使ってこそお皿だ」
と主張する。なるほど、それも一理ある。

母の強いすすめによって、その皿を五枚、正月休みの終わりに、譲り受けてきた。タオルで包み、あられの缶に入れ、その上からさらにタオルでぐるぐる巻きにして。ところが、駆け込み乗車した際に、ドアにはさまれ、衝撃で一枚へりがかけてしまった。涙。

わが道を行くカレー

「岸本さんて、よくカレーのこと言わない？」

ある人に言われて気がついた。その人によれば、私は、

「あー、このところカレーも作ってないよ」

「私、今週こそは、カレーを作る」

「先週は、カレーも作ったし、まああの週だった」

というふうだそうだ。知らなかった。そうしょっちゅう口にしているとは。

「何なんだろうね、岸本さんのそのカレーへのこだわりは」

自分でも考えてみた。

たしかに人は、

（たかだかカレーごときで、何をそんなに大騒ぎするのか）

と不思議に思うだろう。カレーなんて、材料を刻んで鍋に放り込み、市販のルウを

入れるだけ。手抜き料理の最たるものとされている。

小学校の家庭科実習でもやった。

大学の生協食堂では、うどん、そばと並び、もっとも安くすむものとして、かなり低い位置づけがなされていた。社員食堂でもそうだろう。給料日前だけカレーにする人もいるくらいだ。カウンターだけの店などもある。社会的な扱いからすると、ほとんど牛丼や立ち食いそばと同じだろう。

会社員だった頃、新妻になったばかりの人が、同僚に、昨夜の献立を訊ねられ、

「ああ、ゆうべはカレーですませた」

と答えて、

「あなた、そんな新婚早々カレーに走ってたら、旦那に逃げられるよ」

とからかわれていたのも、印象的だ。

しかし、しかし、私にとってのカレーは、そういうものとは、

（カレーが違うのだ）

とあえて言いたい。あれほど複雑な味わいのものが、ほかにあろうか。

小学校のとき、家庭科の先生が、

「ルウを入れて、甘めにしたければケチャップを加えなさい、辛めが好きなら、ケチャップの代わりにソースにしなさい」

などともっともらしく言っていたが、そんな単純な話ではないことは、今となってはよくわかる。甘味も辛味も合わさって、なおかつそれを超越したところに、おいしさがあるのだ。カレーの世界は、奥が深い。

カレーといえば、まずはスパイス。

よく、男の料理の特集などに、カレー通なる人が出てきて、

「カレー粉などというものは、インドにはありません。二十種類以上のスパイスが合わさったものなのです」

などと言い、赤や黄色の木の実だの根っこのようなものの写真があって、

「私はこれを、一つひとつ挽いて、自分で調合しています」

と得意げに語っているが、趣味で料理をしているのではない私としては、

(そんな暇なこと、できるか)

と言いたい。二十も三十も揃えられないし、仮に揃えることができたところで、カレーなんてそう毎日毎日作るわけでもなし、余ってしまってしょうがないではないか。

せっかくそれらを調合した、カレー粉というものを売っているのだから、私は正々堂々とそれを使用する。

ただし、

「これを加えることで、ぐっとカレーらしくなる」

という、決めのスパイスのようなのがあれば、二つか三つなら、使ってみたいとは思う。

そのあたり、丸元淑生さんの料理の本は、おおいに参考になる。

この人については、「丸元教」と言えるくらい、信者が多くて、そういうのと一線を画すためにも、あくまでも私は私の道を行きたいけれど、私と同じで理屈が好きな人らしく、そのために、ついついうなずいてしまう点が多々あった。まず、「カレーは一つひとつの材料がそれぞれの味を出して調和のとれた味にまとまる料理」だとしている。その味は、基本的には次の五つから「組み立てられる」。すなわち、玉ネギの出す甘味、レモンの酸味、塩、カレー粉、スパイス。

つまり、カレー粉は、使うこととしている。カレー粉から作れとは、必ずしも言わないのが、さきの男の料理との違いである。ただし、丸元さんは、あるレストランのカレー粉しか使わないようだ。

その上に、さらに、コリアンダー、クミン、ガラムマサラを加えるという。隣町のやや高級なスーパーになら必ずあるだろう。隣町に出たついでに買うことにした。

コリアンダーとクミンは、種のようなもので、ホールとパウダーとがあった。丸元さんの本によれば、両方使うようになっている。ガラムマサラは、何種類かのスパイスを調合したもので、これはもうかなり一般的な商品として、うちのそばのふつうのスーパーに売っていた。

丸元さんの本で、次に注目すべきは、小麦粉を使わない点である。

小学校の家庭科実習のときも、ブラウンソースというのか、小麦粉をバターで色がつくまで炒めることからさせられたが、私の母も、

「あれは、煮込むのが間に合わないとき、しかたなく、粉でとろみをつけるもの」

ほんとうは邪道ということである。

では、何でとろみをつけるか。小麦粉を使わないと、ただのスープになってしまうというか、具と汁とご飯をつなぐものが欲しくなる。

その小麦粉の代わりとなるのが、野菜なのだ。

「そんな、野菜が煮くずれるまでなんていってたら、長い時間かかって、しようがないじゃないか」

と言われるかも知れない。母が「しかたなく」と言ってたのも、時間の問題があったからだ。

それについては、これは丸元さんの本にはなく、私のやり方だが、野菜の半量をフードプロセッサーにかける。野菜の「おろし」を作るわけだ。そうして、はじめからとろみをつけてしまう。

栄養には詳しくないので、ビタミンが破壊されてしまうのかもわからないが、

（どっちにしろ、熱により、失われるもんは失われるんだ）

と思っている。

そうすることで、煮込み時間が短くできるなら、結果的にビタミンの破壊度は、そう変わらないんじゃないだろうか。野菜の甘味も早くから出る。

丸元さんのには、「玉ネギの出す甘味」とあったが、玉ネギに限らず、野菜は何でも甘味がある。そして、それはカレーの味わいを深めるには、必要にしてかつ不可欠

すなわち、野菜は、とろみをつける、甘味を加えると言った働きからしても、肉に次ぐ具のひとつというよりは、ほとんど調味料の機能をするのものだ。

以上が、丸元さんのレシピと共通する点だ。

次に丸元さんの理屈をふまえ、私なりにアレンジした点をいくつか。

まず、「レモンの酸味」である。これを私は、ヨーグルトで代用する。

どうしてというわけではないが、個人的に、カレーにレモンがピンとこない。その点ヨーグルトは、インド料理にもラッシーという飲み物があるせいか、カレーとは相性がよさそうだ。

レモンほどではないが、酸味もある。なおかつレモンより、複雑な味にしてくれそうだ。ボルシチにサワークリームを入れることからの連想か。

栄養からいっても、現代人の食生活に不足しているといわれる、カルシウムが含まれている。

それから、リンゴとハチミツ。これも丸元さんのレシピにはないが、入れてしまう。

これもまた、子どもの頃、テレビでやってた、

「リンゴとハチミツとろ〜り溶けてる」

という、コマーシャルソングからの連想だろう。まあ、このへんになると、

(とにかく、複雑になればなるほどいいんだから、何でも入れちゃえ)

という感じで、かなりいい加減になってきた気がしないでもない。

小麦粉がだめなくらいだから、市販のルウを使うなんて、ほんとうは邪道中の邪道だろう。

が、そうはいっても、今挙げたものだけでは、今ひとつ不安だ。

というのも、丸元さんのカレーは、スープストックがベースになっている。本にもいわく、さきの甘味、酸味といった五大要素のほかに、「今ひとつカレーの味を左右するものがストックなのだ。鶏ガラと野菜のストックを使わないと深いハーモニーが生まれてこない」。

そのストックとは、十羽ぶんの鶏ガラと種々の野菜を、合計三時間ほど煮つめたものので、丸元家の冷蔵庫には、日頃より常備してあるという。そして、そのストックあってこそ、

「栄養的にも完璧なハーモニーにまとめてくれるのだ」

（ハーモニーと言われてもなあ）

わが家の冷蔵庫には、それがない。

そこでついつい頼りたくなるのが、市販のルウである。

箱には、肉や野菜のエキスが入っているようなことが書いてある。栄養的には、丸元さんのストックに及ぶべくもないが、味としては、それに代わるものと考えていいのではないか。鶏ガラに含まれているカルシウムも、ちょうどヨーグルトで補ったし。

せっかくここまで自力でできたのに、市販のルウを使うとは、情けなくはあるけれど、ルウの箱に記されている量の、倍から三倍もの分量のカレーを作るのだ。全体の味が、それだけに支配されてしまうことも、まあ、なかろう。あくまでも、かくし味としての使用なのだと、自分を納得させる。

ここまでが、私のカレーの原理原則、考え方の説明である。やはり私は、丸元さんに劣らず理屈っぽいようだ。

さて、ここからがいよいよ作り方。こちらは、いたって単純である。何たって、カレーなんだから。

まず豚のヒレ肉三百グラムを、厚めにぶつ切りにする。丸元さんは鶏だが、私はカレーというと、なんとなく豚にしたくなる。理屈好きのくせに、私のレシピは「なんとなく」というフレーズが結構多い。

ぶつ切りにした肉に、市販のカレー粉を全体が黄色くなるくらいにまぶす。そして、しばらく放っておく。

お次は野菜。これはもう、とにかく、

「えーっ、こんなに入れるの」

というくらい、大量に使う。玉ネギ五個、ニンジン二〜三本、ジャガイモ五個、セロリ一本、リンゴ一個。

玉ネギは丸元さんによれば、

「ひとり当たり一個くらいが適量で、それ以下の量では味がまとまらない。だからカレーがおいしくできるかどうかは玉ネギの量にかかっている」

という。たしかに、少ないよりは多い方がおいしい。ただしこれも、過ぎたるは及ばざるがごとしで、以前、

「多ければいいんでしょ」

とばかりにどっさり入れたら、体から玉ネギの匂いが二日間くらい抜けなかったこ

とがあった。吐く息までそうなので、まったくまいった。玉ネギも「大」なら、四個くらいにとどめた方がいい。

これらの野菜を流しにごろんごろん転がして、洗っては、むいていく。玉ネギなら、外側の皮を力任せに引きむしり、ジャガイモはタワシでこすり、ニンジンの皮は包丁でもってこそげ落とす、というふうに。そして、三つのボウルに、次々と放り入れていく。

その分け方は、

一のボウル。玉ネギの半量。これは後でスライスし、フライパンで炒める。よくいう「飴色になるまで火を通す」というやつである。そのとき、ショウガとニンニクのみじん切りを加える。それらが焦げて、香ばしさと色をカレーに添える。

二のボウル。ニンジン、セロリのそれぞれ半量、リンゴ全量。こちらはまとめてフードプロセッサーにかける。小麦粉に代わる、とろみ用だ。

三のボウルには、玉ネギ、ニンジン、セロリの残り半量、ジャガイモ全量。いわゆる具にするものだ。かき混ぜるときにごろんごろんじゃまになるくらいの大きさに切る。ジャガイモは、フードプロセッサーにかけないのは、ほかの野菜と比べ、煮くずれしやすいためである。これらは、生で鍋に放り込むか、煮込み時間をより短縮したければ、ビニール袋に入れて電子レンジにかけ、あらかじめ火を通してもいい。

そしてもう、このあたりになると、丸元さんのレシピからは完全にはずれているので、そのつもりで読んでいただきたい。

まず、カレー粉をまぶした肉を、鍋の中で粉ごと炒める。香ばしくなってきたら、その上からざあっとお湯を加える。フードプロセッサーにかけた野菜と、具の野菜も、いっしょくたに入れてしまう。そうしてしばらく、自分で煮えていてもらう。

その間、私は、かたわらのフライパンで、玉ネギを「飴色になるまで」炒める、という気のながーい仕事にとりかかるのだ。

といっても、根性のない私のこと、やっと焦げめがついたくらいで力つき、早々に鍋にあけてしまう。それでいて、空にしたフライパンに、湯を足してようく煮立て、しみついた玉ネギのエキスを、余さず鍋に移そうという、しつこさはあるのだ。

その先は、ほとんど気の向くままで、コリアンダー、クミン、市販のルウ、ハチミツ少々、プレーンヨーグルトの小をひとパック、好きなときに加える。

後はただ、煮えるに任せる。することといえば、せいぜいが、火加減に注意して、焦げつかないよう気をつけるくらい。

（そのうちに、鍋の中でみんなしてうまくなじんで、複雑な味わいをかもし出してくれることでしょう）

と期待しながら。

カレーのよさは、かなり適当に作っても、そこそこおいしくできるところにあると、私は思う。

丸元さんの言う「完璧なハーモニー」までなしているかはわからないが、何となく予定調和的にまとまってくれる。

ひと言で言えば、

「うるさいこと言わない料理」

なのだ。料理によっては、何かのほんのちょっとした入れ過ぎ、火加減などで、とり返しのつかないことになるが、カレーというのは、そんなに神経を使わなくても、基本的には、

「何とかなる」

のである。

なのに、私がふだんなかなか作る機会がなく、

「来週こそカレーだ」

などと、勢い込んでとりかかるのはなぜか。

そのわけはひとえに、あの野菜の量にある。

玉ネギひと袋、ニンジンひと袋、ジャガイモひと袋、リンゴ、セロリ。それらの野菜をスーパーで買って帰るときの、重さを考えてごらんなさい。それにさらに、肉三百グラムにヨーグルト。

ついでなどでは、とてもすまない。そのためだけに、「買い出しに行く」という感じになる。

言うなればカレーは、買い物からして、

(ええい)

と腕まくりのひとつもして、とりかかるものなのだ。

また、その大量の野菜を洗い、皮をむき、切る、あるいは刻む仕事といったら。まさに体で作る感じ。その代わり、鍋に放り込むところまでやりおおせれば、難しいことなど考えなくても、必ず何とかなる。そう、カレーは肉体派の料理なのだ。

そうしてでき上がったカレーを、ひと口食べたときの満足感。

買い出しからたずさわった人間でなければ、ほんとうのおいしさは、味わえないと言いたいくらいだ。

このひと皿にどれほどの野菜が入っているか、重い袋をさげてきた私は身をもって知っている。それを今、体内にとり込まんとしているのだ。

おいしくて、栄養たっぷり、そういう味。そこには、肉体労働をした自分への、ねぎらいも感じられる。

カレーは次の日の夕飯まで、三食くらい食べ続ける。その夜は、鍋の中のカレーを、袋詰めすることに費やされる。フリーザーバッグに一回ぶんずつ小分けにして、冷凍するのだ。それをすまして、鍋を洗うと、ようやっと「仕事おさめ」になる。

流しには、きれいに磨き上げられた鍋がふせてある。さんざんに煮返され、ところどころ焦げついていたりしたのが、嘘のようだ。

冷凍庫には、カレーが詰まっている。忙しかったり疲れたりして食事のしたくができない日のために、待機しているのである。

キノコ狩り初体験

十月の晴れた日。私たち、東京からのふたりと岩手県のふたりの車は、一関から国道三四二号線を、川に沿い、上流の方へ向かって走っている。キノコ狩りに行くのだ。

運転をする吉田さんによれば、雨の後なので、山はぬかるかも知れないが、キノコ狩りにはちょうどいいという。雨後のタケノコと同じで、にょきにょきと出てくるそうだ。吉田さんは、子どもの頃から、四十何年このあたりの山で遊んでいる、キノコのベテランである。

国道ばたの家の軒先に、何やら黒いものが干し柿のように吊してあるのが目についた。コウタケというキノコだそうだ。香りの茸。その名のとおり、香りがよく、干してから炊き込みご飯にするという。

「ほんとうは日かげに干した方がいいのに、見えるところに下げて、自慢してるんだ」と吉田さん。排気ガスを考えても裏に干した方がよさそうなのに、わざわざ表にするところから、「コウタケがとれた」のが、いかに誇らしいことであるかがわかる。

ひとつ上の川との合流点から、その川に沿い少し走ったところで、車を止めた。おお、栗だ。背負いカゴの紐に腕を通すのももどかしく、山栗を拾いはじめる私に、

「こっち、こっち。栗はいつでも拾える」

先に斜面を上っていった吉田さんたちの声が、熊笹の中から呼ぶ。長靴の足を滑らせながら上ると、笹の根もとに、熊の掌とはかくあらんと思うような、まっ黒でみごとなコウタケが。でき過ぎである。

(はじめての私に、「収穫の喜び」を味わわせるため、あらかじめ下見をしておいてくれたのだな)

とわかった。

その夜は、吉田さんの家で、奥さんの手になる夕飯を食べた。これがうわさのコウタケ飯か、と思った。十日ほど干したコウタケという。マイタケ飯より、黒ずんでいる。香りは、はるかに土っぽい。作り方をようやく教わり、帰ってきた。

東京に帰り、「収穫」のコウタケを、さっそくハンガーに吊して干す。四、五日すると、家じゅうに香りがこもるほどになった。湯でもどし、醤油と酒で煮たのを、汁

ごと炊くと、それらしいご飯ができる。自分で狩ったキノコを食べた、はじめての経験だ。

今年の秋も、あの山にコウタケは生えているだろうか。できるなら、私が行くまで縄で囲っておきたいくらいの気持ちである。

料理は地が出る

ワンルームマンションの事務所で、女性三人で打ち合わせをしていて、事務所側の女性がうどんを作ってくれることになった。もらった乾麺があるとかで、いそいそとキッチンに立つ。残るふたりはよもやま話をしていたが、突然、

「なんだ、つゆもついてるじゃない」

大きな声で割って入られ、ぎょっと目を合わせた。キッチンの彼女だ。

私たちに言ったのではないらしい。ガス台の前をせわしなく行き来しながら、「あらら、袋、捨てちゃったかしら」「えー、何々、五分間ゆでるのね」。

どうやら彼女は日頃、口に出して確かめつつものごとをする癖があり、調理に没頭するうちつい、ひとりの世界に入ってしまったようだ。家にいるときの彼女の姿を覗き見る思いがした。

帰り道、ふたりは、おのずとそれについて語り合った。

「いやー、私はひとりごともさることながら、すごくよく物を落とすんだ」と私。洗い物をするかと鍋を持ち上げると、斜めにかぶせてあったふたが滑り落ちる。洗剤を所定の位置に戻したつもりが、ずれていて落ちる。

がっちゃん、すってん、ハデな音の中にいて、ふとわれに返った。

「ひょっとして私、すごくうるさい？」

近所から文句を言われたことはまだないが、皆がまんしているのでは。結婚し夫の母と同居でもしたら、嫁姑問題になること必至だ。

原因を自分なりに分析すると、①せっかちで早くすませたくて、ひとつずつ持つべきところを二つ同時に、かついい加減に持つ。②考えごとをしていて、指先に注意がいっていない。

「うちの会社にもいる」と連れ。「仕事はすごくできる女性だけど、とにかく動きが騒々しいんだ。本人は全然気づいていないみたいだけどね」

おそらく、ひとつのことをしつつも頭が先へいっているのではと、彼女は想像する。性格や思考パターンと深く関係するものだけに、自分ではなかなかわからない。

「なくて七癖」と、あらためて自分に言い聞かせたのだった。

割り勘は難しい

土曜の昼、知人の女性は、高校時代の友だちと久々に集まった。八人で、近くの店でランチ。子どものいる人も少なくないが、旦那に預けて出てきたとか。千六百円のランチを頼み、飲む人はそれぞれグラスワインやビールを注文した。

おしゃべりが終わり、八人で伝票を覗き込んだが、消費税がつくので、いくらかよくわからない。「レジでやってもらおうよ」「別々に払いますって」。そう言われ、伝票を手にした彼女を先頭に、レジへ向かった。

が、「申し訳ないですが、別会計はご容赦下さい」。たしかに込む時間帯、自分たちの後ろにも列ができている。税を加えた合計額を出してもらい、電卓を借りて、列からそれた。一万六千三百八十円割る八で、二千四十七・五円。

ところが、不満の声が上がった。「飲まなかった人もいるし」「ワインとビールも、値段違うから」。

彼女は内心のけ反りそうになった（そ、そこまで細かく計算する?）。皆で楽しんだんだから、少々不正確でもいいではないか。

「困るわ、私、これしかないもの」一万円札を出す人。「だから、別々にって言ったのに」と咎められるに及び、彼女はほとんどキレそうになった。

（この混雑を見れば、いかに迷惑かわかるじゃない！）

いいわよ、私が責任とって全額払うからと、喉まで出かかったという。

帰って、主婦である妹に電話すると「お姉ちゃん、それは幼稚園のお母さんの間の鉄則よ」。貸し借りは作らない、子どもどうし何か問題があったとき、遠慮なく言えるように、と。

それはわかるが、あくまで正確にを主張するなら、小銭くらい用意してきたらどうか。そもそも、そこまでこだわるなら「皆でランチ」という発想そのものが、ムリなのでは。そう力んでも「だめだめ、あなたは自由になるお金があっていいわねって、言われるだけ」と妹。

子持ち、キャリア、さまざまな立場に分かれる三十代のつき合いは難しいと、実感したそうである。

これを食べなきゃ

週刊誌のおしまいの方にある、「うまいもの」カラーグラビアは、私の楽しみのひとつである。著名人が行きつけの店などを紹介するページだ。主に寝る前、風呂につかりながら眺める。

太打ちのそばが、今しも水を切ったばかりのようなつやを帯びてざるに盛られ……そのコシや歯ごたえを想像するうち、われを忘れて見入ってしまう。

店名は、どうでもよろしい。都心のまんまん中にあるような、私には圏外の店がほとんどで、名を知ったところで行く機会はないからだ。それよりも、食べ物そのものに、あこがれをかき立てられる。

このところずっと家にいて、同じようなものばかり。そばなんて、久しく味わっていない。

（よし、明日の昼は、近くの「××」に行くぞ）

そのためには、やりかけの仕事に、何とか午前中までにケリをつけなければ。

（そうだ、こうしちゃいられない）

急に忙しくなったように風呂を出て、明日に備え、早々に布団にもぐり込む。

翌日は、朝から力が入っている。ふだんなら「ここらでちょっとお茶をいれましょう」としたいところを頑張って働きとおし、二時近くになってようやく、念願の太打ちそばを前に、

（ふーっ。どうにか達成できた）

私の食欲は、ビジュアルから刺激を受けやすいのか、グラビアで見るや、ひとつの「目標」としてインプットされる。後はひたすら突き進むのみ。むろん、いついつまでにこの本を書き上げようといった、もう少し大きな目標もあるが、それに向かって日々倦まずたゆまず働き続けるには、「とりあえずこれがすんだらあれを食べよう」みたいな、小欲を持つことの効果もあなどれない。志が低いといえば低いけれど、生活のメリハリのようなものだ。

幸いにして、私は食べ物に関しては、和洋中、甘味、何でもござれなので、刺激には事欠かない。

今さら遅い?

家にいるときのメニューは、おひたし、豆腐、魚など、人に言わせれば、「若いのに、老人食みたい」なものばかりである。

そんな私も、突然パスタが食べたくなることがある。そのときは、駅の近くの店まで出かける。

その店のは、麺のボリュームがあるばかりではなく、オリーブオイルの量がすごい。食べた後の皿にたまったぶんだけで、もう一回作れそうなほどだ。

ニンニクもふんだんに入っていて、店じゅうに匂いが充満している。とにかく、そこで食べた後は、いったん家に帰って、口のまわりの油を落とし、歯を磨くのはむろんのこと、頭からシャワーにかかって匂い抜きをしなければ、どこにも行かれないくらいなのだ。

そういう、これ以上しつこいものはないくらいのものを、ときに自分が欲するのは、ふだんの食事に欠けているものを補うためだろう、と考えていた。体がバランスをとろうとする、正常な反応だと。

が、さらに分析してみると、どうもそうではないようだ。

例えば私は、パスタのほかにも、タコス味のトルティーヤチップスが、発作的に食べたくなる。あれは、いかにもアメリカ的なスナックで、味覚をまひさせるような、わけのわからない調味料がいっぱいまぶしてある。

（いけない、こんなものを食べては、身の破滅だ）

と思いつつも、止まらない。日頃インスタントラーメンすら口にしない自分とは、別人になったように。

ひと袋空にしてから、ようやくくやみ、

（ああ、また）

とうちひしがれる。そんなことが、月に二、三度。

私たちの世代は育ちざかりに、ポテトチップスやカップラーメンが出回って、ジャンクフードのまっさかりだった。ファストフード店が、あちこちにできたのもその頃だ。今ほどうるさくなかったから、添加物も使い放題だっただろう。何のかの言っても、私たちの味覚の基礎は、あの頃に作られたのだ。今さら急に健康食に凝りはじめても遅いのではと、無力感にとらわれたりするのである。

半径一キロメートルの生活

自宅女の悩み

私は学生時代からひとり暮らしだが、親の家にいてずっと独身というのも、つらいものがあるようだ。

知り合いは、いわゆる総合職で、三十代半ばともなると中間管理職に近くなり、残業も多い。今夜も遅くなりそうだとみると、そっと抜け出し、公衆電話から母親にかける。

「夕飯は要らない。野菜の煮物？　それだけとっておいて。こっちはどうせ、弁当か何かだから。味噌汁はいい」

などと、連絡事項がどうしても「今夜のメニュー」に及んでしまう。

「いい年して毎日、母親に夕飯要るの要らないのと報告するのも、いやになるよ」とこぼしていた。が、そこはやはり母親と娘の関係。子どもの頃、「お父さんはほんとに、食べて来るんだか来ないんだか、わからなくて困っちゃう」と溜め息つくのを見ているので、そうそう無視もできない。

煮物だ、味噌汁だと、思いきり「家庭的」な話をして、またすぐに男性的な職場に戻るのも、かなりの頭の切り替えを要する。

（新婚家庭の夫は皆、こういう義務を果たしているんだろうか）

と、女ながら「夫」の立場になってしまうそうだ。

別の人は、何年間か地方の支店に出ていて、このほど東京勤務になり、親の家に戻ったが、やはりそのギャップに悩んでいた。

出かける前、「さあ、今日は得意先に直行だわ」と立ち上がり、トーストの最後の一片をコーヒーで飲み下して気合いを入れていると、母親が「いけません。お行儀の悪い」。

さらには「野菜も食べなさい」と、ボウルいっぱいのサラダをどんとテーブルに置かれたりして、勢いをそがれることはなはだしい。

ひとり暮らしをしなければとは思うが、あいにく親のマンションから会社まで電車で十五分と、あまりに近い。

「それでも、家を出るなんて言ったら、ほとんどイヤミだわよね」

現実問題、自分で家賃を払えるところとなると、今よりはどうしても遠くなるし、可処分所得もぐんと減る。それを考えると、今ひとつ踏ん切りがつかず、居候を続けているという。

仕事人間と「娘」との両立も、なかなかたいへんそうだ。

結婚の波の次に来るもの

「このところ、まわりで結婚の第二の波が来てるんです」

仕事上の知り合いの、三十を迎える女性が言った。四週続けて、式に出るのだとか。

「私も妙に、結婚が気になり出して。周期があるみたいですね」

心の中で、私はふっふとニヒルに笑う。（お若いのう、お前さん）。私など、そういう台詞を言っていた時期は、とうに過ぎた。代わって、周期的に考えるのは、マンションのことだ。

実はこの三か月くらい、またその「波」に当たっている。チラシも、それまではロクに見もしないで、束のまま古紙回収に出していたのを、一枚一枚はがし、たんねんに目を通すようになった。不動産の広告は、こんなにも多かったのかと、あらためて思う。特に、金曜と土曜。木曜から、早くも入ってきたりもする。

私の場合、場所はもう決まっている。なるべく、今のところの近く。このあたりは市と区とが境を接しているが、私の住む市は、高齢者福祉が進んでいることで知られるらしいから、同じ駅利用でも、市の方で見つけたい。

健康のため、近所をウォーキングするときでも、頭のどこかでマンションを探している。普請中の建物がないか目を凝らすという、原始的な方法である。あれば寄っていき、施工予定の立て看板をチェックする。これまでのところ、期待はずっと裏切られどおしだ。

「売出中」の看板もしかり。矢印に従い、順々に角を曲がると、行き着く先はやはり一戸建て。マンションを建てられる土地が、このへんにはもうないのだろうか。

別の知り合いは、このほど、ほぼ求めていた条件どおりのマンションを購入したそうだ。「よくまた偶然ぴったりのがあったね」と感心すると、

「偶然じゃないわよ。私はこの十三年間ずっと、週末ごとにチラシを眺めてきたんだからね」

頭が下がる。望みの物件に出合うには、そこまでの努力というか、しつこさが必要なのだ。これからは、周期的にといわず、彼女にならい、常にチラシを見続けることにしよう。

理想の住まい

会社の後輩の男性が、このたび独身寮を出て、はれてワンルームマンション住まいをはじめたというので、課の人たちと、ひやかしに行った。知人の女性から聞いた話である。

彼としては、あくまでも新築で、フローリングの部屋にこだわったそうだ。行ってみて、彼女はあっけにとられた。空調、給湯設備ばかりか、有線放送までついている。まるでビジネスホテルのようだ。

一方で、流しは極端に狭い。ひとつ口のガスコンロが、置けるかどうか。

後輩が「お茶をいれましょう」。

「お茶って言っても、コンロがまだないじゃないの」

指摘する彼女をよそに、電熱ポットでしるしると湯を沸かしはじめた。

「料理はしませんので、コンロは買いません」

きっぱりと言い切る。見渡せば、たしかに鍋ややかんもない。

急須はどこか、と目で探すと、なんと瓶入りのウーロン茶の粉末を出してきた。マグカップにとり分け、湯を注ぎスプーンでかき混ぜ「はい、どうぞ」。

（なんだかなー）と、マグカップを手に、考え込んだ。インスタントのウーロン茶なんてものが、世の中にあることからして知らなかった彼女は、ひそかなショックを受けていた。男と女のカルチャーギャップを感じてしまう。

「私なら、有線放送よりも、急須でお茶をいれる方を選ぶ」と彼女。私も同感だ。そういう部屋を喜ぶのは、家を寝る場所くらいにしか考えていない男性か、ひとり暮らしそのものが嬉しい、若い娘くらいではないだろうか。

ひとりも年季が入ってくると、たまには深蒸しのお煎茶を、萩焼の湯呑みで味わいましょう、みたいなところに、「生活のうるおい」を見出したりするのである。あるいは、たんに自分が老け込んだだけか。

ガスコンロの代わりに、白いプラスチック鉢に植えた「幸福の木」が、流しに置いてあったところに、かえって哀しいものを感じたと、知人は語っている。

猫かわいがりにはワケがある

家の前にまたフンをされた。犯人はわかっている。一匹の猫が、半年以上も前からアパートのまわりに居ついているのだ。うちのドアの正面だけ、やわらかな草が生えているので、トイレにちょうどいいのだろう。そのたびに、チラシの紙とビニール袋でとり片付ける。

また、よせばいいのに、向かいのアパートの住人で、文字どおり猫っかわいがりするヤツがいるのだ。正確に言えば、住人の若い男性のところに出入りしている女性。

土曜の昼間、家にいたら、窓の外で、

「きゃー、かわいーい」

すっとんきょうな声がした。男と手をつないでやって来た、ロングヘアの女が、「見て見て、猫ちゃん」と、頬ずりせんばかりに抱き上げる。

次の週は、なんとごていねいにキャットフードの袋を持って現れた。そうして、土曜ごとに窓のまん前で「きゃー」をくり広げる。うるさいのである。

もともと猫に目のない人なら、まだわかる。が、私は知っている。駅からの道を、男のもとへ通う彼女を、何度も目撃したが、ひとりのときは、のら猫が鳴こうがすり寄ってこようが、見向きもしないのだ。「心やさしい女」と男に思わせるため、猫を使うのはやめてほしい。

本当に心やさしいなら、エサを与えるより、フンの始末をしてもらいたいものだ。こちらはドアの前にされたら最後、「やーん、フンしてる」などと甘える人もなく、自分で片付けるしかないのである。女が来ては、フンのモトをせっせとばらまいていくようで、いまいましい。

それが、この半月ほど、土曜の大はしゃぎがなくなった。どうやら女が来なくなったようだ。窓の向こうには、むっつりとした顔で洗濯機を回している男の姿。「ふっふっ」と込み上げる笑いをかみ殺さねばならなかった。おおかた、女の化けの皮がはがれたのだろう。

それにしても、うちの前でトイレをする習慣だけは、しっかりと残ったのが、困りものだ。

家庭内別居

夏の間は、新聞が配達されると、まず「お天気欄」の気温をチェックするのが日課となる。特に最低気温。昼間、暑くなるのはいたしかたないし、耐えがたければ冷房をつければすむけれど、問題は夜だ。

私は防犯上、七時くらいには早々に雨戸を閉めきる。部屋がいわば密閉状態になるのである。冷房はあることはあるが、ひと晩じゅうつけると体調が悪くなるため、寝る前には切らざるを得ない。ぎりぎりまでつけ、眠りに落ちる直前で、スイッチをオフにする。

すると、夜中に必ず暑さで目が覚めるのだ。蒸し蒸しして、息が詰まりそうなほど。ひとりでさえこうだから、同居人のいる人は、さぞかし暑苦しいだろう。自分のほかにもうひとつ、三十六・五度の発熱体があるなんて。

「私は夏、家庭内別居することにしている」

と言った知人がいる。流行りの「夫婦別床」の上をいき、部屋までも別にするのだ。彼女は昨年四月に結婚したが、六月末の時点ですでに「こりゃ、たまらん」と気づいた。夫に申し出ると、彼も快く同意した。

「三か月もしないうちから、早くもオレが嫌になったのか」などと、感情的にこじれることは、まったくなかった。おたがい、ひとり暮らしが長かった者どうしなので、「名より実をとる」といおうか、自分にとって少しでも楽な方法があれば即実行に移す、合理的な思考が身についているのである。

私といえば、冷房を夜中に何度もつけたり消したり。あまりの暑さに「ちょっとだけ、ちょっとだけの間冷やそう」と、目をつむったままリモコンを手探りする。タイマーは一時間単位なので、私には長過ぎる。

もうろうとした中にも「自分が眠っては、朝までかけっ放しになってしまう」との理性がはたらくから、リモコンを握りしめたまま、半醒半睡でうち伏している。その季節は慢性寝不足だ。

この先もしもふたりになることがあったら、私も断然、季節的「別居」を行うつもりでいる。

覗き男現る！

少々蒸す夜のこと。風通しのため、ブラインド式の窓をわずかに開けておいたのだが、ふと見ると、なんと男が覗いているではないか。

「キャーッ」。肺活量いっぱい、長い長い叫びを上げた。しかも二回。とにかく、男をひるませなければと考えたのだ。それから即、一一〇番した。

パトカーが到着する頃には、犯人はすでに逃げた後。何ごともなくすんだといえばすんだが、その事件で、私はいろいろ考えさせられた。

まず、一一〇番をしても、ぱっとつながるわけではなく、呼び出し音が鳴っている間が、結構長いこと。それからこちらに向かうのだから、至急来てくれても、どうしても時間差が出る。そして、あれだけ盛大に悲鳴を上げたにもかかわらず、近所の窓はどこも、がらりとも開かなかったことだ。

（これはいかん、もっと防犯意識を高めなければ）

と、次の日ビラを書いて、コンビニでコピーし、アパートのドアのポストに入れて回った。「×号室の岸本です。いつも何かとご迷惑をおかけしております」と挨拶をふっておいてから、「×月×日、かくかくしかじかの事件がありました。警察もそうすぐには来ないことがわかりました。おたがいに気づかい合いましょう」。

うちのアパートは、私以外は夫婦者。いざというとき助けを期待できる男が、一家にひとりはいるわけで、「おたがいに」ではなく「私を」と書きたいところである。

ポスティングを終えて、階段を下りてきたら、上の部屋の旦那とばったり出くわした。ゆうべのできごとを話し、

「かなりはでに叫びましたけど、聞こえなかったですか」

といささかの非難をこめて問うと、

「いやー、何か金切り声がするなとは思ったんですが、オカルト映画でも見てるんだろうと」

使えない人……。

が、今の私には、何といってもご近所が頼りだ。遠くの警察より近くの他人なので ある。

若さが違う

土曜の朝九時半頃、歌声で起こされた。カラオケで歌い慣れているような、鼻にかかった歌いっぷりが耳につく。曲名はわからないが、若者のポップスであることは間違いない。

出所は、向かいのアパート。まん中の部屋の窓が、大きく開いている。前に、のら猫にキャットフードをばらまいては大騒ぎする女が、出入りしていた男のところだ。と書くと、住人の生活ぶりを逐一報告するようで気がひけるが、別に覗き見するわけではなく、おとなしく家にいるだけで、耳に入ってくるのだから、しかたない。

この男、よくよくはしゃぐ女が好きなのか、あるいは今の若い人は一般的に声が大きいのか。その上、窓を開け放すので、よく通ること。

「土曜は家でブランチを」が、彼らのスタイルのようだ。十時半頃から早くも、ニンニクを炒める匂いがただよいはじめる。

「このスパゲティさあ、何分ゆでんの？」

作っているものまで、手にとるようにわかる。「ハンバーグってさあ、箸刺して汁が出たら（この表現もすごい）、まだなんでしょ？」「ミートソースの缶詰、開けて」。聞こえるのはもっぱら、女の声。土曜ごとに、近所じゅうにメニューを発表する。

この前は、めずらしく男の声がした。

「お前なあ、フライパンをまず火にかけてから、肉のせろよ」

どうやら、肉をまんまん中に据えてから、おもむろにスイッチをひねるらしい。そのへんが、家事をあまりしたことのない若い人の限界か。

メニューがひたすら洋食なのも、世代の差を感じてしまう。土曜の朝からハンバーグなんて、想像するだけで、胃がもたれる。九時半にしてすでに、元気いっぱい歌っているのも、若さだろう。こちらはまだ寝起きの腰が痛くて、ベッドでうんうん言っているのに。

それにしても、猫女が去ってたったひと月。つき合う相手の変わるインターバルの短さにも驚く。同じアパート暮らしでも、若者には、あっけにとられることばかりだ。

犬たちとの幸せな暮らし

「あれは、いったい何なんでしょう。うちの課でもう三人めですよ」

会社勤めの男性が、しきりに首を傾げていた。七人の女性のうち、三十代の三人が、たて続けに犬を飼いはじめたのだ。

「うちのゴールデンは挨拶のときこんなふうにするの」

などど、写真を見せ合い、ほかの人が入り込めない世界を作り上げているという。

猫ではなく「犬」というところに、何かしらすごみを感じる。猫ならば、たまたまエサをやったのをきっかけにと、いわば出来心からでも飼えるし、またふいといなくなるかも知れない。双方とも、たぶんに成り行き任せのところがある。が、犬となると、話は別。

はずみで友人の家に泊まることも、男出入りも、とんとなくなった。海外旅行もひととおりした。この先はそうそう家をあけることもなく、生活の根をどっしりと下ろしたと言おうか。シングルも、ある段階に入ったな、と思わせる。

だから、犬選びからして、気合いが入る。私の知り合いは、ブリーダーとか訓練士とか、かなり専門的なところまで、突っ込んで調べていた。また、その世界にはその世界の情報網があるんだそうな。

中には、注文により宅配し「万が一事故があったら、即お取り替え致します」というたったシステムもあるとかで、

「そんな業者、私は信じない」

と目に涙をためて怒っていた。犬への愛は、飼う前からはじまっているのだ。

これは、と思う業者のところへ、電車で二時間近くかけて、見にいった。そして、数ある子犬の中から、

「あの子が私を選んだ」

と言う。カタカナの長い名だったので、種類は忘れてしまったが。

気がねなく犬と暮らせるよう、マンションと同じくらいの家賃で借りられる、古い木造の一軒家に住んでいる。が、犬の寿命はどうしたって人間より短い。そのときの彼女のダメージを思うと、ちょっと心配だ。

ゴミの捨て方パトロール

買い物から帰ってきたら、ひとつ手前のドアのところに、お巡りさんが立って、隣の主婦にものを訊ねているところだった。

「何かあったんですか?」

話に加わると、

「いや、この近辺の家の玄関先を、浮浪者が徘徊しているという通報がありまして。女性の浮浪者なんだそうですが、心当たりありませんか」

私と隣の主婦の人は、「あっ」と顔を見合わせた。ゴミを調べる中年の女性がいるのである。

燃えるゴミの日や燃えないゴミの日の前に出没し、袋をあばいては、可燃物に不燃物が混ぜられていないか、決められた日より早く出されていないか、調べて歩く。チェックするための道具が入れてあるのか、あるいは出してはいけないゴミを持ち帰るのか、常に大きな、かつ使い古しらしい紙袋をさげている。

そして、ときに疲れるのだろう、あっちの家の植え込みの陰、こっちの家の外階段にしゃがんで休息をとる。うちのアパートの前にもいた。ボロの紙袋をかたわらに置くので、なるほど、浮浪者に見えないこともない。

「心当たりがなくはないんですが、私の知っているその人は、浮浪者ではなく……」

かようしかじかと説明すると、お巡りさんは首を傾げながら帰っていった。

(ううむ)、と少なからぬ感慨があった。あの人ならもう何年も前からこのへんをうろついているが、ついに浮浪者に間違えられるとは。私も過去にお酒が少し入ったままの瓶を出してしまい、

「瓶は中身を空にして洗ってから出して下さい！」

と貼り紙をされた人間だが、基本的に彼女の気持ちはわかるのだ。なぜって、うちの収集所のゴミはあまりにひどい。

そこは行政区分でいうと市だが、車一台通れるほどの通り一本隔てた向かいが区で、収集日が違う。突っかけを履いた奥さんが、夜陰に乗じて袋をさげ、通りを斜めに横切って置きにくるのを、私は何度も目撃している。

許しがたいのは、大きな袋で何袋ぶんものゴミを、車でわざわざ運んでくる人がいることだ。うちの前の道は人通りが少なく、捨てやすいのだろうか。この前も、金曜の夜十時頃、角を曲がり道にさしかかると、向こうの方から乗用車が一台やって来て、収集所の前でゆるゆる止まった。あれっと思って目を凝らすと、会社でいえば部長くらいの品格の、中年のセーター姿の男性が降りてきて、布団でも入っているのかと思われるほどのゴミ袋を、ひとつまたひとつと投げ入れていくではないか。週末の間、自分の家にゴミをためておきたくないのはわからぬことではないが、

「だからといって、人のところに捨てにくる法はないだろう」

と言いたい。

私はわざと車の斜め前方で足を止め、ナンバープレートをじいっと見つめた。走り出してからもなお、バックミラーに映る自分を意識して、「私は見た。あなたのことをナンバーから割り出すこともできるのよ」との視線を送り続けていた。事実、ナンバーを覚えていて、「多摩××××の運転手さん、ゴミを持ち込まないで下さい」の貼り紙を出そうかと思ったくらいである。が、その場でちゃんと書き留めなかったので、何やかやするうち、忘れてしまった。

つまり、私とゴミ調べおばさんを分けるものは、パトロールし犯人を挙げるまでのまめさがあるかどうかの違いだけ。私も口うるさい人間なので、それにプラス執念というものが備わっていれば、彼女のように町を徘徊したこと疑いなしだ。それを思うと、彼女が浮浪者と間違われかけたことに、ちょっとどきどきしたのである。

正直じいさん、永遠に

　私がふだん買い物をする駅から家までの間に、私がひそかに「三大正直じいさん」と呼ぶ人の店がある。

「その一」は駅前の饅頭屋だ。その名も「清正」。清く正しいのである。

　そこではよく、わらび餅と栗蒸し羊羹を買う。店の主人は、わらび餅のきな粉が羊羹につくことを心配してだろう、必ず別々の折りに入れる。少ししか買わないのに悪いし、資源節約の上でも、もったいない。そう思い、あるとき、

「いっしょでいいです」

　と申し出た。すると主人は、羊羹の向きを変えたり、間に経木をさしはさんだりと、何か非常に苦労しているようなのだ。彼には彼で客のためによかれと長年信じてきたやり方があり、客の方でへんに気を使うと、パターンを乱すことになり、かえって悩ませてしまうらしい。

以後、おとなしく、彼の包装に従うことにした。それでもなお、きな粉が落ちるのを案じてか、

「わらび餅の方は、水平にお持ち帰り下さい！　水平に」

と、店を出た後も、背中の方から大きな声で呼びかけて念押しするのが常だった。

「その二」は、酒屋。ここのご主人については、前にもちょっと書いたことがあるが、木綿の前かけに帽子という正統的いでたちで、春の日も夏の日も、きびきびとビールケースを運んでいる。

私はここでみりんを買うが、二百何十円の商いでも、必ず瓶を拭いて渡してくれるのだ。

あるときは、キャンペーンちゅうだったのか、みりんの瓶に菜箸のおまけがついて並んでいた。私は例によってもったいなく思い、たまたまついていなかった一本を抜き取って、そのままお金を払おうとした。

ところが主人は、

「いけません！」

と瓶を奪い、わざわざ箸つきのに替えてしまう。彼の考えでは、おまけはもれなく

渡さなければならぬのだ。非の打ちどころのない商売道徳の前に、私はまたもすごすごと引き下がらざるを得ないのだった。

「その三」は、石油と防災用品とを売るという、何屋だかちょっとわかりにくい店だ。石油を買いにいく私とは、ストーブの季節のみのつき合いである。

ここの主人は、最後の一滴まで、私のポリタンクに移そうと、四角い大きな石油缶をほとんど逆さになるまで傾ける。それでいて、ポリタンクの外側にはけっして垂らさぬのだから、名人芸だ。七十近いとおぼしき年で、石油缶はさぞ重いと思うが、そのやり方は、毎年変わらない。

店の前には、桜の古木があり、春を迎えるたび、通る人の目を楽しませている。ときどき思う。この人がいなくなったら、花は、店はどうなるだろう。ここに限らず、三つの店のどこも、夫婦ふたりきりで、跡継ぎらしき人を見たことがない。「正直じいさん」なき後のこの町を想像するのは、少しさびしい。

しかし、とまた思う。こういう人が何十年と、商売を続けることのできた町だ。私の知らない別の店に、第四、第五の正直じいさんが、きっといるに違いないと。

変わる小金持ち

この間、女性のためのマンション購入講座に行ってみて、来ている人々の年齢層の低さに驚いた。社会人になって二年め、なんて人もいる。私の後ろの、二十八歳、ホテル勤務という女性は、リンゴのような色つやとハリのある頬をしながら、

「年とってからのことを考えて」

などと、にこにこ話していた。

私には、バブル時代「ワンルームでも五千万円」といわれた頃の記憶があるので、マンションを買おうとしているなんて、よほど経済力のあるキャリアウーマンかと思っていたが、そこにいたのは、ふつうの感じの女性たち。ブランドもののバッグがばんばんと並ぶわけでもない。

年収も、バブルの頃を知っている私には、(えっ、それでもマンション購入を考えるわけ?)と聞き返したくなるほどで、貯金ゼロなんて人もいる。マンションはごく

一般的な選択肢のひとつとして、頭に浮かぶようになったのだ。年収三百五十万円、貯金三百万円の女性は、

「親元にいるから、自由になるお金は全部服や外食に使っているけど、そういうのが、ふとバカらしくなって」

と言っていた。

女性はよく、小金持ちと目される。

商品を見ていると、企業の方もそうした「小金」を使わせるべく、次々と流行を作り出そうとしているのがわかり、涙ぐましいほどだ。服でも化粧品でも、今年の色は、あるいは型は、これ！　と決めたら、そればっかり。ブーツカットのパンツとヒールのごつい靴が店先に並んだときは、かつてのグループサウンズをほうふつとさせ、

（あんな恥ずかしいかっこう、誰がするんだろう）

と思っていたら、若い子はほんとに着てしまった。

が、そうして消費をあおられるのは、せいぜい二十代半ばぐらいまでではないだろうか。今の子はルーズソックスだ、プラダの財布だ、と十代のうちから流行を追いかけているから、老成ももっと早いかも知れない。

私の知人は、ひと頃は、西によい美白ローションが出たと聞いては走り、東にシワ取りクリームが開発されたと耳にしては駆けつけと、かなりの化粧品フリークだったが、三十三あたりから、

「引き出しからどんどん高い化粧品が消えて、すっきりしたもんだよ」

と言っていた。そうしたら突然、マンションを購入した。都心の勤め先から、ドアツードアで十五分。将来的にはアンティークの書棚とダイニングセットを揃えたいので、今は本の詰まったダンボールを食卓代わりに、座布団を床に敷いてご飯を食べているとか。そのやり方は、私にはよくわかる。

二十代でひととおり消費活動はしたし、私たちの場合たまたま、お給料が上がる年齢がバブルと重なっていたこともあり、今思うと、ずいぶんくだらないものもあった。次に買うなら、「小金」で手に入るものをちまちまとより、長く使える品、残る品を、とは、無駄な買い物をした人間なら、誰もが考えるところだろう。

これからは女性マーケットの「大金」化、それも低年齢化が進むのではと、私はひそかに睨んでいる。

空焚きにご注意

「今だから話せる」シリーズではないが、すんでのところで火事を出すところだった。ある冬の夜のこと。

いつものように風呂の火をつけた。風呂場は台所の横にあり、ガス釜式だ。ゆうべとり替えたばかりの湯だから、追い焚きにしよう。

冬は沸くまでに、三十分以上かかる。それまでの間、台所と引き戸一枚隔てた部屋で、本を読むことにした。寝不足だったせいか、文字を追ううち知らず頭が下がってきた。そしていつの間にか、うとうとっと眠りに引き込まれたらしい。

はっと目覚めたとき、いちばんに思ったのは、

(風呂は?)

ということだ。戸を開けて、台所に足を踏み入れるやいなや、さあっと血の気が引いた。

もうもうたる煙が充満し……と思ったが、物の燃える匂いはないから、湯気だ。真っ白な湯気が、まるでドラマの霧のシーンのように、台所の上半分に立ち込め、前も見えない。

(沸騰させてしまったんだ)

そう直感した。

風呂の戸をぐいと引くと、果たして、むっと鼻と口をふさがれるほどの湯気。サウナさながらの蒸し暑さの中を、息を詰め、ガスを止める。どうにか、火だけは出さなくてすんだ。

台所に戻り、換気扇を回して、窓という窓を全開する。視界が利くようになってから見ると、壁にも天井にもびっしりと水滴がついていた。床などは濡れて、ほとんど滑りそうだ。

風呂場を覗くと、合成樹脂のふたが熱のため変形していた。どれほど沸騰させてしまったのかと、ふたをとって、

「あれっ?」

湯が底の方三分の一くらいしかない。三分の二も蒸発したのだろうか。

しかも、手を入れてみると、なんと冷たいのだ。まるっきり水である。わけがわからなくなった。対流するより先に、上からどんどん蒸発してしまったのか。それにしても。

時計に目をやると、点火してから四十分。沸かし過ぎたことは過ぎたが、そうぼんぼこ沸騰するほどでもないような。

謎の感じに包まれたが、何がどうあれ、火事を出しかけたことには、変わりない。

(これからは、風呂に火をつけている間は、けっして居眠りなどすまい)

固く心に誓ったのであった。

それから、半年以上過ぎて。例によって風呂を沸かすべく、

(ゆうべのでいいかしらね、それとも抜いて、入れ直した方がいいかしらね)

と「お湯の状況」を見に立っていった私は、ふたをとるなり、

「あれっ?」

またまた目を疑った。

空っぽ。ほとんどない。が、栓はしたままだ。これはもう、ちょっとした超常現象である。

よくよく考え、思い出した。ゆうべ遅く、風呂から上がり、髪を乾かしたり何だりがすんで、さあ寝ようというときに、どこからか、かすかーに水の流れる音がしたのである。ちょろちょろちょろちょろ。一脈のごくごく浅い流れが這っていくような。空耳かとも思えるほどだ。

年のため調べにいく。流しの蛇口、トイレの水。閉まっている。風呂のシャワーにも、一滴たりともつたっていない。が、響きは、たしかに聞こえている。

(きっと、どこかの部屋のトイレのレバーが、きちんと閉まっていないんだろう。それが排水管をつたわって、不思議な音響効果をもたらすんだろう)

集合住宅慣れした頭で、そう結論づけた。

が、何のことはない、わが家の風呂の水が少しずつ漏れていたのである。今の風呂には一年近く前に替えたが、そう言えば、栓のはまりが前のよりゆるいなとは思っていた。ふだんは漏らなくても、何かのはずみで、隙間ができると考えられる。

おそらく半年前のあのときも、点火した時点で、水はすでに三分の一しか入っていなかった。いわゆる「空焚き」をしてしまったのだ。取扱説明書にはよく「空焚きにご注意下さい」とあるが、

（いくら何でも、世の中にそんな間抜けがいるんだろうか）

と思っていた。まさか、自分がそれをするとは。単身者の住宅で、追い焚きの風呂が少ないというのも、わかる。それだけ空焚きというのは多いことであり、ひとりしかいないと気づかずに火事につながる可能性が大きいからだろう。

が、そこで、

（もう、栓を買い替えない限り、沸かせない）

と、強迫神経症的に思いつめるのではなく、新たなる問題を「知恵と工夫」で乗り切るのが、三十女のたくましさ。

（栓のいわばウエストが細過ぎるなら、太らせて、きつきつにすればいいんでしょ）

と、輪ゴムをぐるぐる巻きつけた。これで、解決。水に劣化しやすい難点はあるが、輪ゴムなんて買い物をすればいくらでももらえるから、弱くなったら、付け替えるまでのことだ。

それにしても、栓ひとつのために火事になったかも知れないなんて、今さらながら身がすくむ。メーカーにも考えてもらいたいものだ。そして、消費者としては、何よりもまず、点火の際は水の有無を確かめる。これを心がけたい。

「空焚きにご注意」と書いてあるではないかと、メーカー側は言うかも知れない。が、空焚きをする本人は、自分は空焚きなどするわけないと、信じて疑わないのが常である。

「だまされたと思って、必ず水の有無を確かめよ」の指示の方が、具体的でいいと思うが、どうだろう。

トイレからはじまる

私を含めまわりの女性には、「トイレのときにドアを閉めない」という人が多い。主義としてそう決めているわけではないが、二十センチくらい隙間を開けたまま。ひとり暮らしなので誰に見られる恐れもない。つまりは必要がないから閉めないのだろう。

ということを新聞のエッセイに書いたら（よく載せてくれたものだ）、少なからぬ反響が寄せられた。どの声も、

「私もそうです」「自分だけではないと知って、ほっとしました」

というもの。

ひとり暮らしのみならず、結婚している人でもいた。ある主婦は、

「ひとり暮らしが長かったので、その癖が抜けずに」

と書いていた。新婚の何か月かはそれでも、はっと「いけない、人がいたんだ」と

思い出し、慌てて閉めるくらいの慎みがあったが、羞恥心のかけらも失せた今や、「二十センチどころか、フルオープンでやっています」

夫は何で？　と理解に苦しむようですが、と付け加えられていた。

これが、子持ちになると、独身時代の悪しき習慣としての位置づけを越えて、いっきに合法化される。

「子どものトイレ・トレーニングのために、現在ではこの癖は、私の周囲においてりっぱな市民権を得ています」

三十代、一児の母は書いてきていた。

たしかに、駅やデパートなどの女性用トイレを使用したことのある人なら、誰もがこんなシーンを目にしているだろう。半開きのドアの向こうで何かもぞもぞ動いていて、掃除の人が入っているのかなと思うと、リュックをしょった若い母親で、後ずさりに出てきながら、中でしゃがんでいるらしい子どもに、

「ほら、しっかり頑張って。出た？　もういい？　出ない？　だったらちゃんとお尻拭いて、パンツ上げて」

と叱咤激励調で呼びかけるのを。

閉めない癖は、ひとり暮らし歴のほかに、母親歴の有無とも関係するのかも知れない。

子育てとは、ある意味で、食べるとか排泄するといった人間の生物的な行為について、ミもフタもなくなることと言える。手紙によれば、彼女の知り合いの、三人の子を育て上げた年配の品のいいご婦人にも、この癖があるのだそうだ。

こうした手紙には、問わず語りにエピソードがどんどん出てくるようなある種、健康な勢いがあり、読んでいて楽しい。トイレのドアがどうのなんて、あえて話題にするほどのことでもないと思い、言わずにきたからだろうか。

誤解を恐れずに言えば、人はトイレ話が皆、結構好きなのである。

海外旅行の思い出話でも、皆の目がいちばん輝くのは、実はそれだったりする。どこどこの国では床とドアとの間があまりにあり過ぎ、膝から下が全部見えてしまうし、物盗りが入ってきそうで、なんだか落ち着かなかったとか。どこどこではふたを上げて座ったら、当然あるべき便座がなく、尻がすっぽりはまってしまったとか。

そんなふうに、生き生きと語られるのも、トイレの中では、誰もがひとりであり、その意味で平等だからではあるまいか。ふだん人を使っている人でも、社会的地位の高い人でも、あの壁に仕切られた中では、さまざまな焦り、戸惑い、困難と、たったひとりで向き合わなければならぬのだ。

悟った人がよく「人間、生まれるときと死ぬときはひとり」と言うが、私はそこに「トイレのとき」も付け加えたい。

平等であるのは、トイレについては、どんな人でも語るべきエピソードを持っているという点でもそうである。なおかつ、それは立場の違いを超えて、人に通じる。

この前、週刊誌をめくっていたら、某男性がエッセイにトイレのことを書いていた。横並びの個室における紳士たちの壁をはさんでの心理的やりとりが、微に入り細を穿った筆で、えんえんと再現される。

これでもかと続く擬音語混じりの描写に、「まだ書くの」「もう、やだ」と嬉しい悲鳴を上げながら、げらげらと笑い、最後まで読み通してしまった。わざと露悪的な話を持ち出し、受けをとろうとするのは、いただけないが、そうでないトイレ話もちゃんと成立し楽しめるのが、人間の知性というものだろう。

トイレからいきなり知性へと、話が大げさになってしまった。

さきほど、子育てのミもフタもなさにふれたが、やはり主婦の人から、お便りを受けたことがある。新聞で、鍋の話題を出したとき。ひとり暮らしだと、つい面倒で、焼きソバを作っても皿に移さず、フライパンからじかに食べる人もいると。

手紙の主の人のところへも、先日ひとり暮らしの友人ふたりが遊びにきて、まったく同じ話をしていたそうだ。

「鍋でそのまま食事したりすることってない？」

「さすがにまだ、そこまではいってない」

「そうよね、そうなっちゃあ、おしまいだよね」

ふたりの横で、彼女はただ引きつった笑みを浮かべているだけだった。というのも、彼女の家では、鍋食いどころか「釜食い」が日常なのである。ご飯さえ、炊飯ジャーの内釜をテーブルの上にどんと置き、釜からじかに箸でつつく。

二歳になる子どもは、ただでさえ汚し放題散らかし放題。

「もうこれ以上、皿の一枚たりとも洗い物を増やしたくない！」

というわけで、夫が会社に出かけた後の母子ふたりの食卓は、茶碗や皿の代わりに、夫の弁当を作った鍋、フライパン、ジャーの内釜ががらくた市のように並ぶとか。

「これを、当たり前の食卓風景と思っているところに、われながら怖いものがあります」と結んであった。

手紙を読むたび、私のささやかな体験をはるかに超えた現実に圧倒される。同時に、皆結構、日常のよしなしごとに溜め息をついたり、それなりに面白がったりしながら、暮らしているのだなと思う。

タクシーのうまい乗り方

私鉄沿線に住んでいた頃のある夜。帰りが遅くなってしまった私は、ひとつ手前の駅まで行く電車に乗った。終電が近くなると、そこ止まりの電車が増えるのだ。家まではは少々遠くなるが、歩けないことはない。

駅に着いて、ホームに足を踏み出しかけたとき、「どどどど」という地響きのような音にぎょっとして振り向いた。人々が階段めがけて駆けてくる。酔っ払いも、さっきまで眠りこけていたとおぼしき、髪ぼうぼうのサラリーマンも、背広のボタンがはちきれそうな中年男性も、太った体をゆすりながら、走る、走る。あのぐったりと寝しずまったような車内のどこに、こんなパワーが残っていたのかと思うほど。さながら野牛の群れである。

あっけにとられて立ちすくむ私のそばを追い越して階段を駆け上がり、そのままの勢いで陸橋を渡り、二段跳び三段またぎで駆け下りて、向かいのホームの先の改札へなだれ込んでいった。

駅前に出て、わかった。タクシーに乗る人たちだったのだ。乗り場にはすでに長い列ができ、過度な運動がこたえてか、ぜいぜいと息をついたり、苦しげにネクタイをゆるめている。この列では、後ろの方だと、一時間近く待つことだろう。ひとりぶんでも先に並ぶため、最後の力を振りしぼって走ったのだ。

(熾烈《しれつ》な競争なんだな)

あらためて思った。人よりも速く走れないものは、おうちがどんどん遠くなる。きれいごとですまされない弱肉強食の世界がそこにあった。

私は終電になることはめったにないが、駅前からたまにタクシーに乗る。雨のとき、あるいは電車がポイント故障などで止まったとき。そういう場合は、皆が乗りたがるから、列は長い。

親子連れとおぼしき四人が、前の方にいると、ほっとする。親子なら同じ家に帰るだろうから。男が女の話に耳を傾ける様子を観察し、仲むつまじいかどうか、さり気なく確かめる。前に父親と母親がひとりずつ子どもを連れ、別行動をとったときがあったのだ。

果たして四人いっきに減って、
（よし、よし）
と安堵のムードとともに、列は一メートルほど進む。
ラッキーなこともある。会社の同僚どうし飲んだ帰りらしい三人が立っていて、
（これは、別々に乗るだろうから、ハカがいかないいな）
と、げんなりしながら見ていると、立ち話するうち、これから誰かのなじみの店に
皆してくり出すことに衆議一決したようだ。ひとつ車に乗り込んで、勢いよくドアが
閉まり、発車する。そういうときは、拍手で送り出したくなる。
かと思うと、カップルに違いないと見えた男女のふたり連れで、女をまず乗せ、男
は身をかがめ入れ、運転手に何やらこまかに指示していたが、ひょいとドア口から体
を抜き、
「じゃあ、どうも。気をつけて」
乗らないのだ。しかも去らず、その場に残り、次の車を待つ姿勢でいる。
（何だ、いっしょじゃなかったのか）
（期待させやがって）

人々の視線が集中する。男もそれを感じてか、ことさらにそっぽを向き、目を合わせまいとする。

この前は、流しの車にトライした。六本木で十時頃、会食がお開きになり、地下鉄に乗る知人らと別れ、交差点へ向かった。中央線へは、車で信濃町駅に出るのが早いのだ。

目の前ですうっと止まったところへ、手を挙げた男性が、なぜだか首を傾げつつ、苦笑のような人なつこい笑みを浮かべて、近づいてくる。

「やあ、同じ車を止めてしまいましたね」

長身でグレーのソフトスーツ。若作りしているが、目尻のシワからすると四十五はいっているだろう。胸に赤いバラの花こそ挿していないが、そんなのが合いそうな男である。「この交差点で拾うのは、実は信号側が優先なんです」「そうなんですか」「でも、レディーに譲りましょう。時間も早くないですから。乗って下さい。ところで、あなたはどちらまで?」。

信濃町だと答えると、「これはこれは同じ方向だ。青山なんです。途中まで同乗してもいいですか」。譲られたという引けめがあるので、一瞬返事をしかねていると、

「さあ、どうぞ」と、ホテルマンのようにドアを押さえてエスコートする。

　車内で私は、男と反対側の窓にぴったり寄り、最大限の距離をとるなど、警戒を怠らなかった。敵は知ってか知らずにか、

「いやあ、今夜はいい夜だ。一日の終わりにあなたのような美しい女性とごいっしょできるなんて」

　と歯の浮くような台詞を言い続けている。誘惑の前ふりか。

「そこです」とマンションの前につけたとき、私の緊張は極に達した。「どうです、寄ってワインでも」などと手のひとつでも握ってきたら、やつの腕をはさんでもいいから、ばん！　とドアを閉め、急発進してもらうつもりだ。

が、男は「では、おやすみ。すてきな夢を」。拍子抜けするほどあっさりと、ウインクして遠ざかっていった。

（はーっ）、座席にずり下がるようにもたれた。何というキザな男。頭の中はどうなっているのだろう。まあ、何ごともなく退散していってよかったが。

　それから、はっと身を起こした。

（あの男、お金を払っていない）

タダ乗りしたのだ。

怒りが込み上げてきた。あれが、男の手口なのだ。おそらくやつは、毎晩あの交差点で張り、タクシーを拾うのに慣れていなそうな女に目をつけては、タダ乗りをくり返しているのだろう。信号側が優先云々も嘘だ。

腹立たしいのは、男が自分の容姿とムードに自信を持っているらしいことである。

いつか会ったら、

「たしかに私は、まんまと引っかかったけれど、単に不慣れなだけで、あなたの容姿にのぼせたり、甘い言葉に酔わされたりしたわけでは、全然ありませんからね」

と、その点だけははっきりと断りを入れておきたい。

パワフルな風呂掃除

「十二月になったねえ」

アパートの同世代の主婦が、溜め息をついた。月日の経つのが年々早くなるよという、例によって年齢に関する嘆きかと思ったら、

「大掃除しなきゃならない」

そうか、そういうものがあったなと思い出した。同じアパート住まいでも、一家の主婦だと、ちゃんと換気扇をはずし、汚れを落としたりするのだろうか。

私は恥ずかしながら、ひとり暮らしになってから、大掃除をしたことがない。年末ぎりぎりまで働いて、親の家に帰る。仕事始めと同時にアパートに戻ってまたもとどおり。われながら「節目」らしきものがない。年末年始は、独立した生活を営む自分と、娘としての自分との間を行ったり来たりする、どっちつかずの日々だからだろうか。

風呂につかりつつ、そんな思いにふけっていたら、湯アカのようなものが、ふわりと漂うのが見えた。うちの風呂は追い焚き式だが、この日は水を入れ替えたのに。なぜだろう。このところ何回か、同じように、洗ったばかりでありながら、湯アカを目撃することが続いている。

考えて、はたと気づいた。

(風呂釜が汚れているということでは)

昨年の冬とり付けてから、それきりだ。風呂釜も、年にいっぺんくらいは掃除するものなのだろうか。

スーパーで、酵素パワーの洗浄剤なるものを買ってきた。粉状のもので、四十度くらいの熱めの湯を張ったところに入れるという。説明書のとおり振りかけると、みるみる白い泡が立った。そのまま数分、沸かすそうだ。

数分後、覗いてみて、

「うわっ」

とのけ反った。湯気のまにまに、茶色とも灰色ともつかぬ、ヘドロのようなものが浮いている。人間の脂とは、すごいものだ。いや、この間、温泉の素を楽しんだり、アロマテラピーと称し、調子に乗ってオイルを振りまいたりしたから、そのぶんも積もり積もったに違いない。

（これが文字どおり、一年の垢なのね）

しばし感慨にとらわれながら、ヘドロを眺めたのだった。

自慢の菜園

散歩をすると、家庭菜園をしている人が、思いのほか多いことに気づく。

うちの近くの角の家でも、窓の下のほんの一畳ぶんくらいの地面に、ブロックで囲いをして、何かを植えている。

はじめのうちは、めざましいものはなかったが、あるときからぐんぐん伸び出した。

よく見ると、葉のかげに、ほおずきほどの小さな実が。トマトらしい。

どういう品種かは知らないが、このトマトの茎の勢いが、すごいのだ。通るたび、

（あれ？）

と目を疑うほど、大きくなっている。ひと晩に二十センチくらい伸びる感じだ。

狭い菜園だが、狭いからこそせっせと肥料をつぎ込んで、植物の方でも、どんどん吸収したのだろう。気温が上がるにつれて、爆発的と言いたい、成長ぶりを示した。

トマトはつる性ではなかったと思うが、ベランダをつたい、窓の高さに這い上がり、

窓わくにからみついた。開けるには、茎を切らなければならない。

家の人も、それはしのびなかったのだろう、「朝顔につるべとられて貰い水」のように、ほかの窓を開け放して風を入れているときも、その窓だけはずっと閉めきっていた。

が、そこまでして育ててやっているのに、かんじんの実は、いっこうに大きくならないのだ。葉はもう、窓をおおいつくし、うっとうしいほど生い茂っているのに、相変わらずほおずき大のまま。思うに、せっかくやった肥料が、栄養として、うまくいきわたっていないのではないか。あるいは、情が移って間引きをしなかったために、こうなったか。

収穫はされたかどうか、うやむやなまま、季節が過ぎてしまった。

トマトといえば、別の家もあった。

こちらは、桃かと見まがうほど、りっぱな実をつけている。品評会に出せそうなトマトである。

色からしてもじゅうぶんに食べ頃だから、そろそろとるかと思っていたが、なぜかずっと下がっている。どうやら、その家の主は、あまりにうまくできたものだから、しばらくは人に見せびらかしたいようなのだ。たしかに道路に面し、通行人に自慢するにはもってこいのロケーションである。

あるとき、ふいになくなった。代わりに、手書きの貼り紙が。

「人が丹精込めて育てたトマトを盗んで、そんなに楽しいか!!!」

トマト泥棒にあった主が、怒りのもっていきどころがなく、書きなぐったのだろう。!マークが三つもついているのが、憤慨の度を物語る。いかにも、頑固おやじそうな、右上がりの、角張った字だ。

次に通ったときは、その字の横に、違う字が書き足してあった。

「トマトはたいしたことはなかったが、盗むのは愉快だ」

何という意地の悪さ。ボールペンの、細くひょろひょろっとした字まで、おやじをあざ笑うかに見える。おやじさんが、地団駄を踏んで悔しがるさまが目に浮かぶ。

が、あの、「どうだ」と悦に入っているような、実のならせ方を思うと、ちょっかいを出したくなる気持ちも、少しはわかるのである。

あの頃、私も若かった

思い出の映画

生まれてはじめて映画館で観た映画は、忘れもしない「ジャングル大帝レオ」である。そういうタイトルだったかどうかは、わからない。何しろ幼稚園に上がる前のことだから。私が昭和三十六年生まれだから、四十年代に入るか入らないかの頃だ。私たち一家は、鎌倉に住んでいた。

小学校一年の姉が、学校の帰りに映画のチラシをもらってきた。

「おうちの人に見せてね」

と渡されたという。その頃は今みたいにダイレクトメールがなかったせいか、帰り道にそういうものを配る人がよく立っていた。

「――レオ」はテレビでも放映されていて、わが家でも視聴を許された番組だった。三十代の若い親だった父と母は、子どもたちが寝しずまった後、チラシをもとに話し合ったことだろう。映画の教育的効果ならびに、映画館というところへ子どもが足を踏み入れることの是非について。

検討の結果「是」となったらしい。ある土曜、会社を休めない父に代わって、母が全権を委任され、姉と私を連れていった。時代は高度経済成長のまっただ中、サラリーマンは週休一日しかなかったのだ。

当時の鎌倉には映画館が二つあり、ひとつは「テアトル鎌倉」といって、私が小学校に上がってからも続いていたが、その「テアトル」ではない方。すり切れて光るような、赤い布張りの椅子だったのを覚えている。

ストーリーはまるで記憶にない。映画がはじまるや、私はただもう、うわあっとなってしまった。レオはレオでも、うちのテレビでは白黒だ。そのレオがまさに天然色で、スクリーンいっぱいに駆け回っている。

目のさめるような緑の野。咲きあふれる色とりどりの花を飛び越え、花びらを振りまくように、レオは走る。のびやかで、りりしい姿。レオはなんてすてきなんだろう。おそらく映画の間じゅうずっと、私の口は半開きになっていたに違いない。

映画の後には、わが家では「特別な日」だけ行くことになっていた鎌倉駅前の「不二家」に母子三人で入り、ペコちゃんサンデーを食べたのが、いつもならうっとりとする甘さも、その日の私は感じることができなかった。見てきたばかりの映画のために、陶然となっていたのだ。瞼の奥にはなおまだ、花びらとか黄色い蝶だとかが舞っている。

家に帰ると、姉と私はさっそく広告のウラ紙に絵を描きはじめた。十二色のクレヨンを駆使して、思いつく限りの色を塗る。花の野をレオが駆けているところだ。でき上がると、台所で夕飯のしたくをしている母のところへ見せにいった。母は濡れた手を拭きながら、姉と私の絵を、

「あらまあ、よく描けたわね」

と平等に褒めてくれた。「平等に」というのがミソだった。あの絵は、その夜も仕事から遅く帰ってきた父に、はじめての映画の報告とともに渡されたに違いない。

世の中がようやく豊かになりはじめた頃の、一サラリーマン家庭の光景である。

ランドセルをしょって

札幌出身の女性が、

「北海道の人は人間が大きい」

と自慢をはじめ、例として自分の小学校時代の話を引き合いに出してきた。

「私なんか、ランドセルを忘れて学校に行ったことがある」

玄関のところに、今にも腕を通せる向きに転がし、靴を履き終わったときには、頭からすっかり消えていた。そのまんま家を出て、途中次々友だちと合流したが、おたがいに何の疑問も感じず、教室に入りいざ中身をとり出す段になるまで、全然気がつかなかったという。それを聞いて私は、

「いや、札幌だからではない」

私は北海道出身ではないが、学校にランドセルを忘れたことがある。教室の後ろの壁にランドセル掛けがあり、各自とって帰るようになっていた。

正門のところまでは、クラスの皆がいっしょである。二十分ほどの道のりを、三人の女子とぺちゃくちゃ喋りながら帰ってきて、家に着き、

（そういえば、宿題のプリントがあったな。先にやってしまうか）

と思うと、そのプリントを入れたランドセルがない。

「ほかの子が皆しょっているのに、あなた、ずっといっしょにいて、変だなとも何とも感じなかったの？」

母親は呆れていた。

後ろに目がないから、自分ではしかたないが、いっしょに歩いていたふたりが、人のことを見ながらよく気がつかなかったものだと、私は思う。もと来た道を引き返したが、人けのない教室の壁に、ランドセルがひとつだけ、ぶら下がっている姿は、なんとも間抜けであった。

その話を、札幌出身の彼女の例と併せて、ある男性にしたら、彼は、「ふっふ」と不敵な笑みを浮かべた。

彼も四年のとき、学校に忘れて帰ったという。しかも、家に着いてからもなお、気づかなかった。そのまんま寝て、翌朝、

（さて、今日も学校に行くかな）

と背負おうとすると、ない。

彼は考えた。

（たぶん教室か、あるいは帰り道遊びながら帰ったから、そのへんの柵にでも引っかけてあるだろう）

学校に向かいつつ、友だちといつもどおり「おう」と挨拶を交わしながら、左右に視線を振ったが、ないようだ。

果たして、教室のランドセル掛けだった。友だちはめいめい背中から下ろして掛けていたが、彼はそうする必要がなかったので、落ち着いて席に座っていた。

やがて授業がはじまったが、少しも慌てず騒がずだった。教科書をいちいち運ぶのが面倒で、四月のはじめにもらって以来、一度も持って帰っていない。常に机の中に置きっぱなしなので、ランドセルの中身が昨日のままだろうが一昨日のままだろうが、授業には何ら支障はなかったのだ。

ちなみに彼も北海道出身ではなく、「県民性ではない」とする私の説が、ここでもまた証明されたのだった。

教室を遠く離れて

私の高校は、神奈川県のとある市の高台にあった。一年生の教室の窓からは、住宅地の中に点在する畑が見えた。

天気のいい日は、畑を渡る風が、さまざまな音を運んでくる。リンゴン、リンゴンという、鐘のような音もあった。

明るくのびやかなその響きは、何とも人を夢見心地にするものだった。中学より長くなった授業に、ただでさえ集中力が続かないでいた私は、そのために何度、眠りに引き込まれたかわからない。

「あの音は、いったい何」

同級生に訊ねてみた。

「知らないの、ロマンスカーよ」

小田急線の特急で、新宿からひとつは江ノ島、もうひとつは小田原、箱根湯本まで行くという。その特急が、走りながら鐘を鳴らすのだそうだ。小田急線沿線に住む彼女には、すでにして耳になじんだ音らしい。

その地名を聞いたとき、私の目には、うららかな日差しに、青々とした夏ミカンの葉が照り映えて、黄金色の実をつけているところが浮かんだ。私たちが授業を受けているこの昼間にも、郊外電車に乗って、海へ山へと、小さな旅に出かける人がいる。

そのことは私に、自分のいる教室の外には、いろいろな世界があることを、あらためて思わせた。「ロマンスカー」という名も、あこがれをかき立てた。鐘の音は、高校生になったばかりの私への、世界からの呼びかけだったともいえる。

その後、鐘は鳴らさなくなったと、何かで聞いた。沿線に家が建て込んできたので、騒音問題にならないように、とのことだとか。さびしいような気もするが、それもまた時代の移り変わりと言うべきだろう。

先日、両親を連れて、箱根への一泊旅行に行った。新宿発の特急「はこね十七号」。ふたりがけの席を向かい合わせにして座り、茶巾寿司の包みを広げる。

若葉の季節で、向ヶ丘遊園を過ぎたあたりから、山々の緑が目につきはじめる。

かつて、教室の窓から思いをはせたロマンスカーで、今は車中の人となっていることが、何かしら不思議なめぐり合わせに感じられた。あの頃、せっせと娘のお弁当を作ってくれた母も、七十過ぎの老人になっている。「ロマンスカー」をはじめて知った日から、二十年の年月が経っていた。

高校生のおしゃれ

電車の中で女子高校生たちを見ると、
（今どきの女の子はおしゃれだなあ）とつくづく思う。時代のせいか、東京という場所がらか。

私が高校生だったのは、今から十六、七年前。神奈川県の藤沢にある県立高校に通っていた。湘南といえば、サーファーのメッカのようで聞こえがいいが、要するにいなかである。

制服でも、今はスカートをなるべくミニにしているようだが、当時は限りなく長いのを引きずるのが流行り。プリーツをかなり下まで縫い合わせ、ロングタイト風にしている人もいたが、そういう人は、髪もちりちりのパーマ頭で、眉なども剃り落としていたりと、ふつうの女子高生には、ちょっとお近づきになりにくい感があった。

何たって藤沢は、サーファーのメッカと同時に、暴走族のメッカでもある。ひとつ外れると、いっきにそっちの方へいってしまうのだ。

制服を着くずしてみたい気持ちはあっても、族は怖いといった、中途半端な私たちには、スケバン（懐かしい言葉だ）に目をつけられない範囲内で、いかにくるぶし近くまでスカートを引きずることができるかが、おしゃれの腕のみせどころだった。

スカートの下に、ピンクや水色のソックスをはき、校則破りのスリルを、ささやかながら味わった。ロングタイトと並んでカラーソックスが「かっこいい」とされていたのである。後はいきがるといっても、せいぜいが、制服のジャケットの袖をまくるくらい。

いい気になって、袖まくりで通学していたら、あるとき、中学から同じだったある男の子が、まじめくさって言った。

「お前のそれ、不良っぽいぞ。やめろよ」

「いーじゃない、人がどんなかっこしようが」

と、中学のときの癖まるだしで、めいっぱい唇を突き出し、言い返したが、今にして思えば、注意するのも好きのうち、だったのか。まあ、すでに二児の父親である人だから、どうでもいいのだけれど。

私服のセンスとなると、これはもう、今の高校生には遠く及ばない。だいたい高校生というものが、ファッションのマーケットとしてみなされていなかった。ティーンズ向けのブランドなんて「キャビン」くらいだったのではなかろうか。

十年遅く生まれてきたら、少しは違った高校生活を送れたかも知れないと思うと、ちょっと残念な気はする。

むんむん通学電車

東海道線の大船から藤沢は、下り電車でひと駅だ。高校時代の三年間、毎日のように、それに乗って通っていた。

今では、銀色のボディにオレンジのラインといった、現代的な車両もあるようだが、当時はもっぱら緑と橙《だいだい》の二色塗り。その橙も、オレンジというより、みかんの色。座席は紺のビロードを張った、四人がけのボックスシートだった。

この電車が、休日と平日とで「客層」がまるで異なる。

ふだんは、ほとんどが学生。通学電車である。

日曜日、模擬試験のあった帰りに、夕方の上り電車に乗ったときは、車中の雰囲気のあまりの違いに、あっけにとられた。家族連れでいっぱいなのだ。

熱海、小田原からの行楽の帰りだろう、四人がけの席に足をたがい違いに投げ出して、親たちも子どもももたれ合うようにして、ぐっすりと眠りこけている。窓ぎわの小さなテーブルには、冷凍みかんの皮がむきかけのまま。（遊び疲れておいでのようだけど、こちらは模試だったのになあ）と、調子がくるうように感じたものだ。

平日の連中はといえば、そんな四人がけの席に三人でのうのうと腰掛けるなど許されない、ハードな世界。

藤沢のまわりには、公立、私立の高校が多い。しかも、私の高校だけでも、一学年が十二クラスというマンモス校だ。

ご想像がつくように、通勤方向とは反対の朝の下り電車など、数は知れたものである。そのわずか数本の電車に、生徒たちが殺到する。制服なんてそう洗うものではないから、酸っぱいような汗の匂いと人いきれで、息苦しいほどだ。私はまだ背が高い方だからよかったが、低い人には死活問題だったと想像する。

その上、当時の国鉄は何を考えていたんだか、そういうもっとも込む時間帯に、ドアが二つしかない車両を走らせていたのである。あまり中に入ると出られなくなるので、ドア口に寄ってしまう。

そしてまた、男子生徒の中には、わざとぎりぎりまでホームにいて、閉まる直前にどどっとなだれ込む一群がいたりするのだ。

「わーっ」

「きゃー」

黄色い声を通り越して、ほとんど悲鳴。骨の一本や二本折れてもおかしくはないくらいのすさまじい押し合いへし合い。

思えばあんなことをよく、毎日毎日するエネルギーがあったものだ。今の私なら、頼まれたってできない。

そんな中にも、よその学校の男子から手紙をもらったとか、脱げた靴を拾ってくれた先輩に心ひかれ、次の日からは必ず同じドアに乗ろうと、ホームを目で探し続けたというような、恋らしきエピソードも、いくつか生まれていた。男女してひとつ車両に詰め込まれ、朝ごとに「わーっ」「きゃーっ」を飽くことなくくり返していたのも、今にして思えば、若さの発散だったのか。

みかん色した東海道線は、まさに青春を乗せて走っていたと、今でもあの色の電車を見るたび、思い出す。

花の東京、受験生

井の頭線といえば、渋谷駅から終点の吉祥寺駅まで各駅停車でも二十七分、迷いようがないほど単純な線だが、東京に出てきたばかりの私にはなかなか乗りこなせなかった。

と書くと、どこの地方の出身かと思われそうだが、生まれは東京から電車で一時間もしない鎌倉、高校のときの家も、お隣逗子からバスに乗り継ぐところである。

大学受験のときは、渋谷の叔母の家に泊まった。前日に、井の頭線なるものを下見に行った。

(なるほど、あそこで切符を買い、改札を通ればいいわけだな)

人込みの向こうにしっかりと確かめた。

次の朝、改札を入るなり、あれ?　と目を見張った。ホームの両側に電車が二つ。どっちに乗るのか。慌てた私は、そばにいた駅員に訊いた。

「あのう、上りはどっちですか」

これにはやや説明を要するが、子どもの頃からなじんだ鎌倉駅でも逗子駅でも、電車は「上り」と「下り」の二種類だった。家族で横浜へ出かけ、港で船を見たりデパートで買い物をしたりするときも、東京へ法事にいくときも、「行き」は常に「上り」であった。

その図式がインプットされていて、思わず口をついて出てしまったのである。

駅員がなんと答えたかは覚えていない。

「どこ行くの。駒場東大前。ならこれだよ」

と、笑いをこらえつつ指差してくれたのか。でも、訊いてよかった。急行にでも乗っていたら、駒場東大前は止まらないから、もっと焦ることになっただろう。

帰りが、また迷った。広大な広大な渋谷駅で、方角を失ってしまったのだ。朝はたしか、この交差点を渡ったはず。駅前のボックスから、叔母の家に電話した。

「今、何が見える。地下鉄のガードがない？」と、叔母。

頭の中が「？」でいっぱいになった。東京では地下鉄が宙を走るのか。

私の無言に、叔母は聞き方を変えた。

「ガードの上を何色の電車が通ってる？」

私は受話器を握ったまま、オレンジ色の電車がさしかかるまで、じっとまっていたのである。

ひと月後、何とか大学生になった私は、通学第一日め、山々がようよう明けゆく六時過ぎに家を出た。一限の授業に間に合うためだ。

その日、駒場東大前に八時半に着く井の頭線普通電車は、殺人的に込んだ。渋谷駅のホームで、ドア口にふくれ上がっている人を見たとき、私はほとんどあきらめかけたが、

（いけない、これに乗らねば遅刻してしまう）

と決死の思いで突入する。高校を出たばかりの私にはまだ、「授業は出なければならないもの」との観念がしっかり残っていたのである。

降りるときがまたたいへんで、ブックエンドがばらけ、散らばる本をまたぎ越すようにホームに飛び降りながら、

（東京のラッシュは、聞きしにまさるすごいものだ。こんなことで、私はやっていけるんだろうか）

とつくづく心配になった。ひと月もしないうち、一限に出る人は半分に減り、取り越し苦労とわかるのだが。

私の東京生活は、そんなふうにはじまった。

大学に入ったけれど

「これからは読書、主に哲学の本を読みたいです」

今から十ン年前、十八の春の私が、大学合格に際して述べた言葉である。当時は週刊誌に「大学合格者氏名」を載せる号があり、掲示板前で胴上げされている人の写真が表紙を飾る、というのがパターンであった。

女の子だから胴上げするわけにもいかず、付き添いの母と記念撮影することも思いつかない私は、母親と並んでぼーっと突っ立っており、いかにも暇そうに見えたのだろう。

「週刊××」の記者の人（今にして思えば）から、

「大学に入ったら何をしたいですか」

と問われるままに、そう答えてしまった。

その頃の私は、陽気のせいか、えらく読書意欲に燃えていたらしい。

「私、休講になっても、ドラマに出てくる大学生みたいにコーヒー飲んでだべったりしないで、図書館で本を読むんだ」

と元気いっぱい語っていたと、高校時代の友も証言している。

そして、四月の下旬。

午後二時の、生協食堂の二階には、ドラマの中の大学生さながらに、紙コップのコーヒーをはさみ、同級生とだべっている私の姿があった。私の「読書宣言」はひと月もしないうち、どこかへいってしまったのである。それも、人生の深遠な思想を語り合うならまだしも、「コインランドリーに通うのと中古の洗濯機を買うのとでは、長期的にはどちらが得か」といった話ばかりであった。

同級生でたまーに、週刊誌に載っていた顔写真とコメントを覚えている人がいて、

「『これからは読書、主に哲学の本』はどうした」

などと言われると、

「ひー、そ、それだけは」

と耳をふさいで逃げ出すのが常だった。「週刊××」は私にとって早くも「ふれられたくない恥ずかしい過去」となった。

哲学の本には、ひそかにトライはしていた。まずは、ひと昔前の学生なら避けて通れないとされていた岩波文庫のカントの『純粋理性批判』から。

これが、全然わからない。日本語は日本語なのだが、字を目で追うばかりで、いっこうに意味として頭に入ってこないのだ。

「これは、やばい……」

と焦った。友人の中には、

「あれは訳が悪いんだ」

と言い切って動じない人もいたが、原典など読んだことのない私は、訳がどうとか、そんなことまるでわからないので、自分の能力の方を疑わざるを得なかった。また、同い年なのに、デカルトからヘーゲル、ハイデッガーといった有名な人のは、高校時代にひととおり読んだなどというつわものもいて、大学生とはこういうものかと、めげたり、妙に感心したりした。

私はひそかに哲学科に進むことも考えてその学部に入ってきたのだが、カントのその本により、いきなり出鼻をくじかれた感があった。基本中の基本とされる書の一行も理解できないのに、哲学科に行こうなんて、

「十年早い」

と思った。そっちの方は暇とゆとりのあるときに少しずつ読むことにして、専門はまったく別の方に進んだのだから、若いときの志なんてどうなるかわからぬものだ。で、『純粋理性批判』に再トライする「ゆとり」だけはなぜかないまま（作ろうとしなかったとの説もあるが）あっという間に四年が過ぎて、すったもんだの就職活動の末、どうにか保険会社に就職した。学生のときは、

「学生が暇なんて嘘だ、こんなに忙しいじゃないか」

と思っていたが、社会に出るともっと時間が慌ただしく過ぎていくのに驚いた。

「私の人生このままで終わってしまうのか。そもそも自分は何のために生まれてきたのか」

という、それまでも折にふれて考えないでもなかった疑問が、ぐんぐんと頭をもたげてきた。私の二十代の経歴が、職を変わったり、突然旅に出たりしているのも、ひとえにこの問いのためである。

ほかに趣味もないので、本そのものは、ほそぼそと読んでいた。あるとき木原武一さんの『続・大人のための偉人伝』の中に、マルクスの章があり『経済学・哲学草

稿』（文中では『経済学・哲学手稿』）が出てきた。これも私が大学時代、さんざん泣かされた一冊だ。

皆が「ケイテツソウコウ」と、旧知の友のように呼ぶものだから、私も少しお近づきになってみようとしたのだが、まるでちんぷんかんぷんだったのだ。それが、

「なあんだ、そんなことが書いてあったの」

と拍子抜けするくらい、わかりやすく読み解いてある。難物中の難物だった「類的存在」の語の解釈など、あまりにあっけなくて、笑ってしまった。

それから、しばし無力感にとらわれた。文のはしばしから察するに、この著者も高校時代から哲学書に親しんできた人らしい。私はこのさき一生かかっても、この人が得てきたものの千分の一、万分の一も、本から受け取ることはできないだろう。紙のない時代に生まれたわけではけっしてない、その気になればいくらでも読める時代にめぐり合わせながら。

一方で、考えた。たしかに私が一生に読める本は、時間的にも能力的にも限られている。が、木原さんなら木原さんという著者を通して、自分ひとりでは読みきれない多くの人の思想、考え方、生き方にふれることができる。それこそ、読書の醍醐味で

はないか。

それら先人たちの言葉をきっかけに、長年の問いである「何のために生まれてきたか」を考え続けること、その営みこそまさに「哲学」なのだと、十八の春から十年近くを経て、ようやく気づいたのである。

さあ、ひとり暮らし

ひとり暮らしをはじめるにあたって、私が心に決めたのは、

「ちゃんとしよう」

ということだった。ひとり暮らしの若い女性はどうも、「生活が乱れる」とされる。私に言わせれば、自分以外の誰かがいようといなかろうと、人格が変わるわけでなし、（たかだか親元離れたくらいで、生活ががらがらと崩れるような、ヤワな女では、私はない！）

と思っていた。それなりに気負っていたのである。

具体的には何をどうしたらいいかわからなかったので、とりあえず食生活からはじめることにした。コンビニフードやカップラーメンですませずに、自炊して、しっかり栄養をとる。

その頃の私は、緑黄色野菜がどうのとかコレステロールがどうのといった、成人病

に関する知識がなかったので、肉か魚プラス野菜の二つさえあれば、「ちゃんと」した食事だと考えていた。

第一日め、はじめがかんじんと、スーパーで鶏の唐揚げと、まるのままのキャベツを買って帰る。とんかつ屋の付け合わせのイメージで、山のようにキャベツを食べるのである。とんかつ屋のような千切りとはいかず、短冊になったが、まあ刻めた。しゃきっとさせるため、ボウルの水につけておいてから、皿に盛る。

(なんて簡単なんだろう)

われながら、手ぎわのよさに惚れ惚れした。こんなにあっけなくできるのに、生活が乱れる人の気が知れない。

炊飯器がないので、ご飯がやや難物だったが、片手鍋に米とやや多めの水を張り、「はじめちょろちょろ、中ぱっぱ」の火にしたら、炊けた。蒸らし上がる頃、オーブントースターに唐揚げを入れ、チン！　と快い音とともにできたて同然の唐揚げが。完璧である。

キャベツはさすがに多過ぎて、残りをまた水につけた。

次の日、唐揚げをぎょうざに替えただけのメニューで夕飯にしようと、付け合わせ

のキャベツを水からあげるべく、いそいそとボウルのふたを開けた私は、

「あらー」

と声を上げた。短冊キャベツのはしが茶色くなっている。腐ったのだ。私としたことが、千切りで常にボウルがいっぱいの、とんかつ屋のイメージが頭の中でふくらんで、腐るという可能性をころっと忘れていた。

慌ててスーパーへとって返したが、すでにして閉店の後。野菜を欠かさずとる初志は、何としても曲げたくなかったので、心ならずもコンビニでサラダを買う。ここにだけは世話になるまいと思っていたコンビニに、早くも頼ることになってしまった。おまけに、ロスタイムをとり戻すべく、「はじめちょろちょろ」をしないでいきなり中火にしたために、できたご飯は芯だらけ。

（意外と手ごわい）

ひとり暮らし二日めの印象だ。

それからも、初志貫徹とはいかない場面が多々あったが、どうにか病気もせず二十代を過ごせたのだから、人間は、結構じょうぶにできているものだと思う。あるいは、それこそ、若さだったんだろうか。

同級生は今

大学の一、二年のときの同級生が、関西に何人かいることがわかり、私が仕事で京都へ行った折、集まって夕飯を食べた。三年でそれぞれの専門に分かれて以来だから、十何年かぶりだ。

中のひとりについては、前に年賀状をもらい、

「おおっ？」

と思ったことがある。住所が「芦屋」だったからだ。結婚して、移り住んだらしい。

「芦屋夫人」というと、まるで谷崎潤一郎の小説に出てきそうだが、彼女はそういうイメージとは、正反対だった。入学したときから、いささか騒々しいけれど人のよさと面倒見のよさにかけては天下一品、という「下町のおかみさん」的気質を見せていたのである。

大学ともなると、クラスの活動なんか、皆いい加減にしかしないが、文化祭でも、

彼女はさっさととりまとめ、焼きソバの屋台を出す段取りを、当局との間でつけてくるといったタイプだった。同級生としてはずいぶん助かったけれど、

「芦屋で浮いてないかなあ」

と、少しく話題になったものだ。

学生時代の友だちのいいところは、おたがいの性格が、よくわかっていることである。教養課程だと、週に五日か六日、ひとつ教室で机を並べる。どうかすると家族より、いっしょにいる時間は長い。しかも、他人に対してまだすれていないから、うまくとりつくろうことを知らず、「あ、あいつは、フラレて落ち込んでいるな」とか、そのときの状況がいちいち、ばればれだった。

卒業後十年経とうが、今さら、かっこうをつけてもしようがない、みたいなところがある。京都の居酒屋で、冬のはじめにふさわしく鍋をつついているときも、

(そういえば、社会に出てからは、こういう何の利害も上下もない人間関係は、なかなかないな)

と考えた。そのときも、「芦屋」の話になった。私は彼女が芦屋の豪邸に住む御曹司と結婚したものと思っていたが、そうではなく、夫婦共稼ぎで家を買ったそうだ。

「よく買えたね」と感心すると、

「だって、二十坪くらいの土地だもの」

「ええっ、よく芦屋に、そんな狭い土地があったね」

一同の感心のポイントは、そちらに移ったのだった。

そして、あの神戸の大震災。

テレビや新聞を見ながらやきもきしたが、ようやく電話がつながった。

芦屋の被害も大きく、向こう三軒両隣は倒れたが、彼女の家だけ、二十坪という近所では並はずれた狭さのためか、壁にひびが入っただけですんだという。人間、何がどう幸いするかわからない。

それにしても、電話の彼女はてきぱきしたものだった。何か送ろうかと言う私に、「うちはだいじょうぶ」と断り、「それより、誰かこっちの知り合いで、送りたいけど連絡がつかない人がいたりしたら、私が代わりに届けるよ。自転車でどこまででも行ってあげるから、気を落とさないで、頑張って」と逆に励まされるしまつ。

(性格って、変わらないものだな)

と思うとともに、たいした人だと、あらためて脱帽した。

体が資本

腰痛の日々

私は腰痛持ちなので、家で仕事をしていると、突然、誰かに何とかしてほしくてたまらなくなるときがある。それまでも、痛みをだましだまして働いているが、あるところでふいに、

（もう我慢できないっ）

と思う。

そのときに、行くべきところがわからないのがつらい。

近所に、整体治療院はある。日本の古武道に基づくとかで、私も数回かかってみたが、「嘘のようにピタリと治る」というほどではないけれど、少しは楽になる気がする。

難点は、男性がひとりでやっていることだ。

はっきり言って整体は、馬乗りに近いかっこうで押したり羽交い絞めに引っぱった

りと、限りなく「組んずほぐれつ」に近い世界。むろん、先生は古武道をたしなむだけあって、白衣の治療着もりりしく、よけいな想像の入る隙のないような人ではある。が、マンションの一室で、一対の男女が黙々と組んずほぐれつをくり返しているのは、どうも妙だ。

近所なので、道ですれ違ったこともある。セーター姿のいかつい人が歩いてくるなと思ったら、直前で気づき、

「あっ、どうも」

「どうも」

と慌ただしく挨拶を交わした。治療着でないと、目が合うまでわからなかった。過ぎてから、照れくさくなった。先生は、ことに際どいポーズで施術してもらうことの多い先生は、常に「先生」であってほしいというか、私服だと、彼も男であったことが思い出されて、どうも敷居をまたぎにくい。

以来、何となく足が遠のいてしまった。やはり彼は、治療室の中以外では会ってはならぬ人だったのだ。

そうこうするうち、チラシが入ってきた。同じ整体でも、こちらは中国式。「体験

無料」とあるので、行ってみた。この前のとは別のマンションの一室だ。ドアを開けると、三十代とおぼしき血色のいい中国人男性が、息を弾ませて出てきた。今、お客さんがいて治療の最中という。彼ひとりでやっているらしい。カーテンの向こうに、ベッドが見える。

（ここでも、マンションの一室で一対一で組んずほぐれつになるのか）

と気づまりに感じ、

「で、ではあらためて」

後ずさりでドアを閉めてしまった。

次の日、また別のチラシが入っていた。中国気功整体。先生は皆、中国の大学で専門に学んだという。しかし、よく次々開業するものである。ブームだろうか。チラシ上の地図によると、これまた別のマンションの一室。整体はマンションと決まっているかのようだ。

ドアを開けると、はげしい中国語のやりとりが耳に飛び込んできた。自分たちの声のため、誰も私に気づかない。白衣の男性がふたり、トレパンの男性が一人。揃って片足を上げ、太極拳のようなかっこうをトレパンに仕込んでいる。彼は弟子？　それとも患者?

怖れをなして、来たときと同じにそっとドアを閉めた。あれが治療か、あるいは武術としての気功の道場を同時に開いているかはわからない。いずれにしろ、男ばかりの中に入っていくのは、どうも二の足を踏む。

誰か女性の整体師が、ご近所に引っ越してこないだろうか。

「あぐら」のてんまつ

ある日の昼間、スウェットの上下でくつろいでいた私は、久々にゆっくり読書をするかと、民芸調の丸いカップに、コーヒーを入れた。テーブルに置き、椅子に掛けてから、ふと、何かで見た「腰痛にいいポーズ」を思い出し、足を引き上げ、あぐらを組んだ。

そして、「さあて」と本に手を伸ばしたとき、ごろりと鞠が転がるように、カップが手前に傾いて、中身を全部テーブルにあけてしまったのである。

しまった、と思う間もなく、異様な感覚が、足首に広がった「アツ、アツ、アツ」。組んでいた足の凹みにコーヒーが溜まり、スウェットのズボンと靴下を通って、しみ入ったのだ。慌ててあぐらを解除しようとするが、ほどけない。気ばかり焦って、足を組んだまま、仏像が倒れるように、ゴン！　と椅子から落ちてしまった。ほうほうの体で風呂場に行き、水シャワーをかける。足首と大腿部の内側がひりひりする。

（いやー、思わぬ危険がひそんでいたもんだ）

いれたてのコーヒーが火傷をするほど熱いとは、想像していなかった。

不行儀なことはするものではないな、とつくづく思った。人の目がないのをいいことに、妙な座り方をしたバチが当たった。

ヨガの流行った頃、ひとり暮らしの人から「抜けなくて瀕死の目にあった」との話を何度か聞いたが、こういうことだったか。健康法もいいが、いざというとき自力で対処できるものに留めるべきだと、痛感した。

その日は夕方から、仕事関係の会合に出かけることになっていた。パンツスーツだと腿にすれて痛いので、急きょスカートにする。足首の内側にちょうど靴のへりが当たるが、これはいたしかたない。

「どうしたんですか」

恐る恐る歩く私を気づかってくれる人もいたが、まさか「あぐらをかいておりまして、コーヒーをかけました」とは言えず、

「ちょっと靴が新しいもので」

と笑顔でごまかしたのだった。

足がだるくて

知人の女性が、新商品のカタログか何かで、「これは」と思うものを見たと言ってきた。列車に長時間乗るときのための「携帯用足のせ」。詳しくはわからないが、ハンモックのような形状をした、要は網で、前の座席の背にとりつけ、靴を脱いだ足をのせるらしい。

出張の多い彼女には、説明文を読むだけでそそられるものがあったようだ。たしかに、気持ちよさそうではある。

私も新幹線に乗ると、何よりもまず靴を脱ぐ。そして、足を上げたくなる。前の座席の背の下に、つま先くらいならかけられそうな凹みがある。が、高さが全然物足りない。

おじさんたちの中には、テーブルを倒し、その上に靴下の足を放り出して踏んぞり返っているやつがいるが、あれは禁じ手。お弁当やお茶をのせるところなのだから、

（それはないでしょう）

と言いたくなる。皆ががまんしているのだ。

テーブルの下あたりに突っかけてキープしようとする。が、列車の振動につれて、努力のかいなく、ずり落ちてしまうのが常である。

いつだったかは隣に、厚さ十五センチはありそうな、重たげな書類鞄を持った男性が乗ってきた。

（出張ともなると書類が多いのだ、ビジネスマンもたいへんだ）

と同情しかけたところ、座るやいなや鞄をぱっと床に倒し、靴下だけになった足を伸ばして、ぐうぐうと寝はじめたのだ。

（何だ、このための鞄か）

拍子抜けしつつも、あまりに具合がよさそうで、つくづく羨ましくなった。女性は、ハンドバッグを足のせ台にするわけにもいかない。

終点に着くまで、男の書類鞄からはついに書類がとり出されることはなかった。

代わりとして、空気でふくらます車中居眠り用枕を足もとに置き、流用することを思いついた。が、のせ心地は今ひとつ。さきのような商品が考え出されるわけもわかる。

この前は新幹線で、トイレに行くついでに観察したら、同じ車両に乗っていた二十四人のうち、二十一人までが靴を脱いでいた。年齢、男女、ビジネスマンかどうかに関係はない。

途中駅で目が覚め、慌てて靴を履こうとしたら、眠りながら蹴ってしまったのか片方見つからず、座席の下を探し回りあたふたと降りていった人もいた。

列車の中だけでなく、カルチャー講座などでも、はじまってしばらくすると、女性でもパンプスを半分脱いで、つま先にひっかけているだけの人が、結構多い。

学生時代も、滞仏経験の長い先生が流暢なフランス語を読むのを聞いていたら、ふと机の下に黒いものが転がっているのに気づいた。先生の革靴で、なんと靴下一枚のつま先で拍子をとりながら、歌うように読んでいるのだ。日本人は生来、少しでも気がゆるむと靴を脱ぎたくなる因子が、体の中にインプットされているのではないか。

例の商品については、知人はかなり買う方に傾いたが、新幹線の車内で、ストッキングの足が、ハンモックにのってぶらぶらしているのを想像し、あまりに間抜けな図の気がして、思いとどまったそうである。

天は二物を与えた

男性はこれほど気にするものかと、意外に思うのが、ハゲのことだ。

いつだったか雑誌で、この問題を抱えて十何年という男性が座談会をしており、ハゲてよかったことは？　の問いに、ある人が「合わせ鏡がうまくなったことです」と答えていた。手鏡を頭の上にかざし、夜ごと進行具合をチェックしていたそうだ。

テレビでひんぱんに流される育毛剤、養毛剤のコマーシャルを見ても、ワラにもすがりたい男性がいかに多いかが感じられる。

たしかに、新聞の増毛システムの広告に比較写真が載っていると、

「えっ、これが同じ人？」

と思うような人がいる。悩める男性が、あれを眺めて「髪さえ多けりゃ、人生変わるのに」と溜め息つくのも、無理からぬことではある。

が、常に髪のことを気にしている男性も、女性にとってはつき合いづらい。この前

の昼間、ある男性と都心の交差点を渡っていたら、ふいに突風が吹きつけて、向かいから自転車がよろよろと私の方に倒れてきた。

「わあっ」と叫んだのもむなしくぶつかって、どうにか体勢を立て直してから、

（並んで歩いていたはずの彼は？）

と見ると、なんと、私の後ろに回り、いわば私を風よけにして、腰をかがめ、両手で必死になって部分カツラを押さえていたのである。

頭頂部をまる出しにして、「だ、だいじょうぶですか」と駆け寄ってきてくれたなら、その方が、ポイントはずっと高かったものを。

「一九分け」と言うのだろうか、残り少ない髪を自然の法則に逆らってまで引っぱってきて、櫛でなでつけるような方法が潔くないとは、誰もが思っているだろう。が、かといって、それを越える策がないというのが、正直なところではないか。

知り合いの四十代男性は、前髪がなくなってきたぶんだけ、横を長く伸ばすという、ありがちなカモフラージュをしていたが、久々に会ったら、全体を五分刈りくらいに剃り上げていた。前は、ただでさえさびしくなってきた髪をこれ以上短くすることに本能的な恐怖があったが、それだとかえって額を際だたせることに気づき、意を決し

て剃った。ただし、剃っただけではお茶目になり過ぎるので、顎まわりに髭をはやし、シブい雰囲気をかもし出したつもりだと。

なるほど、いい考えだと思ったし、何よりも、りっぱな社会人であるその人が、見た目の問題に人知れず（ここが、かんじん）そこまで心をくだいていたことに、何かしら親近感のようなものを覚えたのも事実である。

また別の四十代男性で、すべてにおいてスマートな男性がいる。いわゆるエリートサラリーマンで外国語ができ、人づき合いがうまく話し上手。むろん、ハンサムで性格もいいことは言うまでもない。服の趣味もいいし、食通で、うまい店をたくさん知っている。しかも家庭円満と、まさに非の打ちどころがない。その人の、年々後退の進む生え際を目にするにつけ、

（天は二物を与えたわ）

との感慨を深くする。これで、髪までふさふさだったら、当人の性格はどうあれ、存在そのものがイヤミである。頭髪に不自由しているという一点があってこそ、男性にとっても女性にとっても「愛すべき人物」たり得るのだ。

当たり前の言い方になってしまうが、何ごともキャラクターしだいである。

ひょんなことからボクシング

雑誌の仕事で、ボクササイズなるものを、することになった。ボクシングの動きをとり入れたエアロビクスのようなものとか。女性、特に二十代から三十代の働く女性の間で人気だそうだ。ならば体験してみましょうというのが、その企画の主旨である。

しかし、くり返し書いているように、運動と名のつくものは、日頃まったくしていない私。私にはもっとも合わない世界であることは、いかにも運動神経がなさそうな身のこなしや体つきからも、あきらかだ。それでも私にと言ってきたのは、意外性を狙ってとしか思えない。

事実、話を持ってきた女性に、「私、エアロビクスさえしたことがないんです」と言うと、

「あー、いんです、いんです、その方がいいくらいです」

と嬉しそうだった。

「別にレオタードなんか買い揃えていただく必要ないですから、ふだん運動するときのまんまの服装でいいですから」

その「ふだん」がないのである。

家で着るTシャツとスパッツを持っていった。靴は「いつかスポーツクラブに入ったあかつきには、これを履こう」と前もってバーゲンで買っておいたシューズを下ろした。こんなことで、はじめて使うことになろうとは。

山手線某駅前の、ビルの三階。「サンタフェ・スポーツクラブ」の看板が出ている。店名はいかにも女性向けだが、いわゆる雑居ビルなのが、イメージと違う気がしないでもない。

足を踏み入れて、あれー、と思った。鏡張りの壁の前にサンドバッグがぶら下がっている。ゴムのロープで囲まれたリングもある。フィットネスクラブというよりも、「格闘技」の雰囲気むんむんなのだ。頭の上で、カン！　とゴングが鳴り渡る。

見ただけで、腰が引けてしまった。私はもともと「和をもって貴しとなす」というか、争いごとは好まない人間である。前にボクシングの試合の観戦記を書きませんか、という話が来たときも、飛び散る汗と血しぶきに卒倒でもしたらたいへんと、お断りしたほどだ。またしてもゴングが、カン！　一定のインターバルで、鳴らしているらしい。

先生は、三十代半ばくらいの男性。

「そもそもボクササイズとは、ボクシング＋エクササイズと考えていいんでしょうか？」

と、取材らしくボクササイズについての質問からはじめたが、

「はあ、そのようですねえ」

と、話が何かくい違う。聞けばここは、女性専用ではあるけれど、ボクササイズならぬ、正真正銘のボクシングジム。プロの養成もできる。先生も元ボクサーだが、網《もう》膜剥離《まくはくり》というかにもボクサーらしい故障のため、リングを下りて、トレーナーに転身した。その先生に、マン・ツー・マンで鍛えられる。たいへんなところへ来てしまった。

生徒は四十三人で、うち九割近くがウエイトダウンが目的。私はどちらかというと痩せ形だが、筋肉がないぶん、全部皮下脂肪なので、いわゆる隠れ肥満である。先生に話すと「その可能性はありますね」。

ボクシングをすると筋肉がつき、筋肉は脂肪より重いため一時的に体重が増えることもあるが、確実にシェイプアップされるという。

「実は、この十年以上、運動らしい運動をしていないんですが」

恐る恐る申し出ると、

「皆さん、そうですよ」

と先生。ついでに、性格的な向き不向きも、ほとんどないそうだ。たしかに先生も、元ボクサーのイメージとは裏腹に、いたって温和である。

そんな話をしながらも私は、壁に貼ってある、おやつ類のカロリー数値を示した写真付きポスターが、気になった。洋梨のタルトが、ショートケーキより、はるかに高いとは。四百何キロカロリーと、そこにある全おやつの中で、ほとんどトップを占めている。私はこれまで、クリームよりは焼き菓子の方がまだ罪は軽かろうと、ショートケーキとタルトなら、必ずタルトを選んでいた。

そのポスターがジムの中で、唯一「女」を感じさせるものだった。

グラブをつける前に、まずバンテージ。手を包帯でぐるぐる巻きにするのである。手首が固まると、逃げ腰だった私も、なんとなくやる気になるから不思議だ。

鏡の方を向いて立つ。スタンスは、肩幅に開いて、左足を前へ。右手は頬に、左手は顎に当てて、ガードする。構えだけでも、これだけたくさんのポイントがある。覚えきれるだろうか。

その構えから、まずジャブ。左手をまっすぐ前に出す。次いで右ストレート。腰を回転させながら、体重をのせる感じで。よくテレビの野球解説で、バッターを評し「腰で打て」と言っているが、あれだろう。

「これを、鏡に向かってワンラウンドずつ練習して下さい」の指示に、

「ワンラウンドって何ですか？」

間抜けな質問をしてしまった。言うまでもなくゴングが鳴るまで。それは私も知ってはいたが、ここのゴングは、単に雰囲気を盛り上げるためのものと思っていた。が、練習時間を計るという、れっきとした意味があるのだ。

次は先生の掌を打つ。的が定まると、精神がにわかに集中していく感じだ。

「はいっ、ポン、ポン。はいっ、ポン、ポン」

聞こえるものは、先生の声だけに。先生の掌が、かすかな赤みを帯びてくる。

これに、フットワークをつける。左に回り込むときは、左足から出ないといけない

が、これがいちばん難しい。つい、利き足の右から出てしまう。

足の方を気にすると、いつの間にかガードがおろそかになっている。ひとつのことに注意すると、ほかを忘れそうになるので、常に基本を思い出し、自分に言い聞かせながら、必死で動きについていく。ようやく、カン！

ぜいぜいと椅子にへたり込み、ふたりがかりでタオルをかけられ給水を受ける……とはならなかったが、

（これは、体もさることながら、脳細胞も疲れるな）

と思った。全身に神経を張りめぐらしていなければならぬのだ。

グラブをはめ、サンドバッグ相手に同じ練習をくり返す。雑誌なのでいちおう写真は撮っており、

（あまり、へっぴり腰をさらすのも何だな）

と、はじめのうちこそかっこうを気にしていたが、この頃になると、そんな邪念の入る余地はなくなっていた。

いよいよリングに上がる。レオタードの女性インストラクターについて、皆で踊るという、前もっての想像からは、かけ離れる一方だが、

（ええい、もう、こうなったら、何でもやったるわい！）

と、ゴングが鳴るや、カンガルーよろしくリングに跳び込んでいく……と言いたいところだが、あいにくロープには入り口らしきものがなく、

「あのう、ここをまたいで入ってよろしいんでしょうか？」

と、もらい湯をするときのように、内股でしずしずと入ってしまった。

打ち込むのは、先生のグラブ。フットワークをつけて、ジャブ、ストレート。当たると、腕にずんと響く。おっと、空振り。すぐ立て直す。

さらに、膝をかがめて、相手のパンチをひょいとかわし、立ち上がりざま左手をま横にブンと振る、フック。

「はいっ、ポン、ポン、はいっ、ポン、ポン」

自分がしだいに「無」になっていくようだ。リズムのようなものができかけたかな、と思ったとき、ゴング。

思ったほどは息が上がらなかったが、ロッカールームに入ると、汗がいっきに噴き出した。スパッツが水着のように張りついて、脱ぎにくいほどだ。一時間の練習で、タルト一個ぶんくらいのカロリーは消費したのではなかろうか。

「何でもいいから、ぼかすか殴って、あー、すっきり」というのが、女性に受けるわけなのではと思っていたが、やってみるとまったく逆だった。ものごとに、こんなにまじめに集中したのは、久しぶりだ。終わった後、頭の中は、まっ白。先生の言うことに、ひたすら無心についていっていたような。

その感じが、ストレス解消になるのだろうと、深く納得したしだいである。

はじめてのエレクトーン

ピアノに限らず楽器というものを習ったことのない私は、譜面にちらと目をやるだけでメロディをハミングしはじめる人が驚異である。「な、何でわかるの?」と聞いても、

「だって、書いてあるじゃない」

学校の授業でも、人が歌うのを耳にしつつワンテンポ遅れてついていくのが常だった。音楽には少なからぬコンプレックスを持っている。

その私がエレクトーンを教わることになった。先生はパソコンのインストラクターと教育番組の「うたのおねえさん」的な感じを併せ持つ、きれいでやさしそうな人だ。

エレクトーンは、むろん見るのもさわるのもはじめて。鍵盤がなんと二段ある。ペダルもピアノと違ってやたら多い。

「どうして二段あるんですか」と訊ねると、先生いわく「三段なんですよ」。

上鍵盤は右手でメロディを、下鍵盤は左手でハーモニーを、そして足はペダル鍵盤と、これも鍵盤のうちに数え、ベースを演奏するのだそうな。

エレクトーンの特徴は、いろいろな音色が出せること。先生がクラリネットのボタンを押すと、あら不思議、ほんとうにクラリネットの音が。オルガンの音を手動ではなく自動で出せる？　くらいにしか考えていなかった私は、音色の多様さにまず驚いた。三段の鍵盤の、音色組み合わせボタンもある。フルート、ピアノ、コントラバスのボタンを押し、先生がさらさらっと奏でると、おお、人間アンサンブル。ひとりでやっているとは、とても思えない。

「リズムもつけられるんですよ」とまた違う設定をすると、弦楽器、管楽器、打楽器ありの、まさに人間オーケストラ。

が、感心している場合ではない。左右の指を別々に動かして弾いたこともないのに、両手に加えて足までも、鍵盤の上を自由自在に動き回らせるなんて、昆虫のような芸当ができるだろうか。

練習曲として選ばれたのは「シューベルトの子守歌」。私の場合、譜面だけではどんな曲かわからない。そこで役立つのがフロッピー。演奏に関するデータが入っていて、はじめての人でもイメージがつかめるよう、模範演奏が聞ける。

「えっ、エレクトーンそのものにセットするんですか」

たしかに挿入口がある。流れ出して「あー、これね」。

「眠れ眠れ母の胸に」だ。しかし、こんなおなじみの曲でも譜面ではわからないものかと、進化する楽器に比べて、相変わらずの自分にがっくりした。

フロッピーには、さきに先生がボタンでもってマニュアル設定したようなデータも、全部入っている。音色だけでなく、さらにアレンジも可能なので、組み合わせはほぼ無限とか。私は最小の労力で最大の音声多重的雰囲気を味わいたいので、パイプオルガン系の音にした。

いよいよ、鍵盤にさわる。ミーソー、レミファだな。

「一本指でいいですか」先生を振り向くと「ええ」とにっこり。が、やってみると、かえってやりにくいようだ。尺取り虫のように親指と人差し指を入れ替えると、うむ、何とかもつれずにできる。運動神経の衰えを折にふれて感じるこの頃だが、こと指に関しては、私もまだ捨てたものではない。

右手だけならいいとしても、その先をどうするか。これには、左の指一本で、左手と足のぶん全部を代わりにやってくれる機能があるそうだ。自動伴奏機能。各小節のはじめにドかソを押す、これさえ覚えればいい。試しに冒頭のミとドを同時に押すと、これぞ私の味わいたかった荘厳さ。ひと押しで、ジャーンと重層的な響きが、体じゅうからエネルギーが発散されるように伸びていくのが、快感だ。

気を抜くと、左手が右手につられて揃いそうになるので、心して。回を重ねれば絶対できる、みたいな確信めいたものが出てきて、先生に言われもしないのに、

「もう三回、通しでやってみていいですか？」などと、自分から申し出てしまった。できる、できる、脳の神経細胞が、右手と左手別々に動かせるよう、にょきにょきと分化していく感じだ。人間やっぱり、持てる機能は使わなければ。

リズムをつける。これは指いらずで、ボタンを押しておけば、打楽器が勝手に伴奏してくれるのだ。つられないよう、頭の中でもメロディを奏でる。

体をのせると、うまくいく気がする。テレビなどで、ピアニストが椅子の上で同心円を描けそうなくらい、はげしく体を揺らすのを見て（あぁまでかっこうをつけなくても）と思っていたが、あれはあれで意味のあることが、よくわかった。

「実は今のを録音してたんですよ」と先生。そんな機能もあったとは。再生すると、

われながら非常にそれらしい。

弾いているときは、指運びだけで精いっぱいだったが、あらためて聞くと、人間オーケストラならぬオーケストラの初練習くらいにはなっている。はじめてにしては、まずまずの線まで到達できたのではと、気をよくしたのだった。

「自分の顔」の現実

服を買おうかと、試着室の鏡に映してみると、

（何か違う……）

光に照らされた顔が、どうもパッとしない。

顎を引き、唇を結んだり、目を見開いたりして、表情を整えてみるが、どうしてもピンと来ない。

やがて、気づく。服が顔に合わないのではなく、顔そのものが、自分の頭の中にある「自分の顔」と違うのだ。

購買欲を急速にそがれ、服を戻す。

（この顔じゃ、何を着てもなあ）

との、あきらめに近い。むろん、いつまでもめげていては、心と体に悪いので、

（いや、あの試着室は照明が悪いんだ。だから、何となくハリのない感じに見えるん

だ、そうに違いない）

と考える。化粧直しに入ったトイレでも、同じ理屈で、自分を納得させる。そして、いつまでも「照明のいい」鏡には出合わない。

ひょっとして、世の中に「照明のいい」鏡は、自分の家の鏡だけなのでは。私の思っている「自分の顔」は、家で化粧をするとき見る顔が基準だ。が、実は部屋が暗く、鏡もきちんと拭いていないため、さまざまな欠点から、目くらましされているのではないか。

それが、試着室やトイレといった公共の場の鏡だと、白日のもとにさらされてしまうのだ。

こうなると、そもそも「自分の顔」とは何だろう、ということになる。

この前、隣町の駅ビルのフロアーをエスカレーターに向かっていたら、多面体をなしている柱の方から、ぼうっとした感じの女が近づいてきて、それが自分だったので、びっくりした。柱が鏡になっていたのだ。そこに映っていた私は、何というか、顔全体の輪郭の線が「下がった」印象だった。

愕然とした。

（私はふだん、こんな顔をして歩いているのか）

頬の筋肉はゆるんでいると垂れるのを、まざまざと思い知った。

以後、その柱の前を通るときは、瞬間的に顔を引き締めるのが常となっている。が、通り過ぎたとたん、

（こんなことしても、しかたないんだよなあ）

との無力感にとらわれる。人間、顔について意識していられるなんて、一日のうちのほんの何分間かに過ぎず、それ以外のほとんどは、意識のコントロールを離れた顔をさらしまくっている。すなわち、他人にとっては、それが私の顔なのだ。

何かの会や旅行の際のスナップ写真が、知人から送られてきたりすると、（ええっ）と声を上げそうになる。これが、私？

半目を閉じている自分、歯ぐきのみならず金歯まで見せて笑っている自分、頬から顎にかけてがひょっとこのように長い自分。

（シャッタースピードなんて、今や何百分の一秒なんだ。まして、顔は生き物だ。たまたま、変なところが写ったに過ぎない）

そう自分に言い聞かせる。許せるショットは、六枚に一枚くらいだ。その一枚をア

ルバムにおさめ、残り五枚は、いわゆる「写真うつりの悪いもの」として、重ねて封筒にしまう。その五枚の方こそが、ほんとうの自分かも知れないが。

雑誌などの取材で怖いのは、写真を自分で選べないことだ。街を歩いていて、ふと、（あのとき、取材を受けた号がそろそろ出たはずだ）と思い出すと、どんなふうに撮れているかな？　くらいの好奇心は私にもあるから、数日後には送ってくると知りつつも、書店をちょっと覗いたりする。開いたとたん、ぎょっと伏せる。プロの人の撮影だからと、期待した私が間違いだった。

だいたい、私が雑誌に載るのなど、本がどうしたとかのインタビューがたまにあるくらいだ。話がメインであり、顔の美醜はどうでもいい。カメラマンもむしろ「その人のありのままが出るように」撮る。すなわちそれが私の顔の「ありのまま」。

特に、女性はシワの問題がある。生き生きした笑顔のつもりが、単なるシワいっぱいのおばさんになったりすると、つらい。

この、自分の思っている顔と現実の顔とのギャップは、年とともにはげしくなる。スナップ写真における「許せる一枚」の出現率が、いよいよ低くなるのだ。

かといって、あまり現実を無視するのもどうかと思う。たまに女性の本の著者写真で、生年月日からして、どう見ても何十年も前に撮ったとしか思われないものを使っている人がいるが、あれはむなしい。

（こんなところで若く見せてどうする？）

と言いたくなる。この顔をした人はもう、どこにもいないのだ。学生の頃、よく体重測定の前の一週間だけ甘いものをがまんし、「私は四十何キロ」という数字だけ得るや即、ケーキバイキングに走る女子たちがいたが、実体のなさの点では、似たようなものではないか。

が、かく言う私も、「写真を貸して下さい」との電話を受け、最近撮ったのがないために、少し前のを、

（まあ、そんなに変わってやしないだろう）

と送り、考えてみれば七、八年も前のだったみたいなことは、しょっちゅうだ。詐欺だな、あれは。

もうそろそろ、あの写真を使うのも限界なので何とかせねばとは思うが、今ひとつ気がのらない。

裸がすごい

忘れもしない、高校二年の十月のこと。その日は模擬試験だけで、早く帰れるはずだったのに、私たちは全員、下駄箱のところで足止めになった。季節はずれの台風のため、私鉄も国鉄（当時）も皆ストップしているという。たしかに、屋根が破れそうな勢いで降っている。

しかたなく教室に入り、女子どうしよもやま話をしていたが、風で窓は揺れるし、空には雲が逆巻き、教室の中まで暗いので、話も何となくしけ込みがちだった。

そこへ、男子が五、六人、頭から水をかぶったようなかっこうで、どやどやと大興奮状態で入ってきた。なんと、この台風のさ中、プールで泳いだという。

「何で今頃、水着を持ってたの？」

女子のひとりが言うと、

「違うぜ、フリ××だぞお！」

叫んで、どっと笑い崩れた。すっ裸で泳いでいたのだ。

「げーっ」と、女子一同のけ反って、

「どういう神経」

「プールの水なんて、九月に水泳の授業が終わったときから替えてないんだからね。病気になるよ」

口々にののしったが、私は内心、

（羨ましい……）

と思った。われわれが、

「鼻の脂はつぶして出していいのか」

「ムダ毛を剃ることの是非」

などの、しけた話題について話すしか、することがない間に、そんな生き生きした遊びを発見していたとは。

男子によれば、はじめはむろん、制服のまま、体育館でおとなしくバスケットをしていた。が、ふいに天井近くの窓がはずれ、雨風がわあっと吹きつけてきて、ずぶ濡れになったという。

「こうなったらもう、濡れついでにいっそ泳ごう」

いわばその場の勢いでもって、しぶきを跳ね上げプールへ走り、シャツやズボンをはぎとって、パンツ一枚で飛び込んだ。けれども、裾がやたらとまとわりつき、どうかすると脱げそうになる。

「ええい」

と、ひと思いにむしりとったら、水の中の世界がまるで変わった。尻のあたりがすうすうして、こうも自由がきくかと思うほど。

「最後の一枚」を着けているといないのとで、まるで別人になったようだったという。股間を泡が通り抜け、それこそ「人魚にでもなったような」、水との一体感があったとか。

「見なくてよかった」

女子一同、またまた声を上げ呆れ返ったが、男子の言う感じ、わからなくはなかった。人魚に「股間」があるかどうかは別として、シチュエーションそのものは、いかにも気持ちよさそうではないか。

女子にはなかなかできないことだが、願うことなら、一度やってみたかった。

家の中で単に裸でいる時間なら、今の私には、高校生の頃よりはある。

一日の仕事を終えて、

（さあ、これから風呂に入るぞ）

と伸びをするとき。働くときに着ているスパッツなどを、ぽんぽんと脱いでいく。自由を感じるひとときである。

会社勤めをしていた頃、家に帰って、ストッキングを脱ぎ、つま先のところを、ぽーんと引っぱってはがすとき、

（生き返った……）

と息をつきたくなるような、何ともいえない解放感があったが、あれと同じだ。男性ならさしずめ、ネクタイをはずすときだろうか。

気持ちがいいので、そのままベッドに上がり、風呂で読むはずだった通販のカタログを、頬杖ついてめくりはじめてしまうこともある。人目を気にしないですむのが、ひとり暮らしのいいところだ。

みたいなことを、あるとき新聞の原稿に書いたら、担当者の男性から、

「岸本さん、ここはもうちょっと、あいまいにしといた方がいいですよ」

と言われてしまった。

「今はいろんな人がいますからね。覗き事件のきっかけにでもなるといけません」

そうなのだ。事実、かなりトーンを下げたつもりでも、

「あなたが部屋でくつろぐとき、どんなかっこうをしているかを、ボクはつい思い描いてしまいます」

みたいな、あやしい手紙がきた。裸というとすぐ、性的な想像をされてしまうのが、何ともきゅうくつである。

じかに見られていなくても、裸を「そういうもの」とする世間の目に、常にとり囲まれていることを思い知った。そしてそれが、身の危険にまでつながりやすいぶんだけ、女は不自由だ。逆に言えば、妙な視線にさらされない保証付きの絶対安全空間でなら、思うぞんぶん裸で寝転び、駆け回ってみたいという願望は、女性の方がより強いのでは。

どんな服を着るよりも、裸でいることの方が、なかなか機会を得られない、ぜいたくかも知れない。

あこがれのホノルルマラソン

同世代の女性と話していて、

「私はこの頃健康のため歩くようにしている」と述べたところ、その人が突然、

「ね、ホノルルマラソン、出ない？」

きょとんとした。そういうのがあるとは、知っている。が、私にとっては、海のはるか向こうで行われるもの。中継を見ることはあっても、「参加しよう」との発想は、まるっきりなかった。

「フルマラソンの経験はあるわけ？」

「ううん。でも」

彼女の知り合いの、スポーツに詳しい人に聞いたら、「この年からはじめても、体は作れる」と言われたとか。

それにしても、初マラソンで、いきなりハワイまで行かなくても。「青梅マラソン

じゃだめなの？」と問うたが、今ひとつはっきりしない。

「わかった、やりたいのは、あの距離を完走するより、『ホノルルの青い空の下でゴールする自分』なんだ」

と指摘すると、「そう、まさにそうなんだなあ、きっと」。

自分でも合点がいったように、手を打ってはっはっと笑った。

別の女性で、エアロビクスに通いはじめた人を、私は思い出した。気持ちよくて、病みつきになるそうだ。

「もともと、運動神経がよかったんじゃないの」と言うと「とんでもない。私、高校時代、体育の成績、二よ」。

はじめは、インストラクターの動きにまったくついていけなかった。が、しだいにリズムにのれてくる。三十過ぎると、何かができなくなることはあっても、できるようになることは、めったにない。それだけに楽しい。エアロビクスというと、皆して「ヘイ！」と声を合わせて叫んだりするのが、私など、どうもいただけないが、彼女いわく、

「あれが快感なのよ。叫ぶたび、脳内物質が、じわっ、じわって出るのがわかる」

はまっている……。

私たちの年で、何かをはじめようとするならば、ある種の「なりきる」力と、思い込みが必要かも知れない。

ストレス知らず

人のエッセイを読んでいて、

「締め切りは月に三十本」などというくだりがあると、

（はーっ）

と溜め息が出る。三十本といったら、ほぼ毎日ではないか。二月など、いったいどうなるのだろう。

という話を、別のもの書きの男性にしたら、

「それがいいんだ。僕なんか締め切りのない日はどうも落ち着かなくて」

その人は家に帰る暇がないので、編集部の壁ぎわに席をもらい、いつもそこで書いている。「編集部の家具」とあだ名されるそうだ。

私について言えば、昨年度は連載がそこそこあったので、締め切りは月に二十本くらいだった。三日に二本の割合になる。三日に三本の人にすれば、軽いもんだろうが、

自分としては、顎が出そうだった。まる一日、胸を張って休める日というのがない。

　私は、いっしょに仕事をする人からは、書くのが早いと思われているが、それは誤解で、単に締め切りを守るから、そんな感じがするだけである。ひとつの原稿を、下書きからはじめ、最低でも三回は書くから、生産性はかなり低いのではなかろうか。（世の中には、一本あたりの枚数がもっと多い人がたくさんいるんだ。これしきの仕事量で忙しがっては、図々しい）

　と自分に言い聞かせていた。事実、寝食も思うに任せぬ人がいる中で、私はスーパーに買い物に行ったりして自分で作って食べていたし、睡眠時間も七時間はしっかりとっていたのである。

　今年度は、連載がぐんと減り、（私の場合、断るのではなく自然消滅なので、「減らし」とは言えない）、締め切り本数も少なくなった。

　そういう月が続いてから、気づいた。衝動買いを、まったくしていない。

　時間のないときの方が、買い物をよくしていた。服にしても「着回しがきくかどうか」を第一に考える堅実人間なので、衝動買いは少ない方と思っていたが、今にすれば、要らないものが結構ある。あの頃は、限られた時間の中、あたふたとデパートに行くことで、ストレスを発散していたようだ。

もうひとつ、気づいたことがある。春以来、胃薬の世話になっていない。前は、

(これに頼りきりになったら困るな)

と思いつつ、しょっちゅう飲んでいた。引き出しの中には、常備してあった。

「食事！」となると腹いっぱい詰め込んでしまう食べ方が原因と考えていたが、今もそれは同じだけれど、薬は必要なくなっている。これはもう、働き方に関係するとしか思えない。

(体は正直だ)

つくづく感じた。自分では、ストレスのかかりにくい性格だと思っていたが、体の方がちゃんと反応を示していた。他人と比べて仕事量が多いか少ないかの問題ではないことも、わかった。

今のペースは自分に合っていて、すこぶる快適である。そのぶん収入は激減し、あちら立てればこちら立たずなのが、悩むところだ。

結婚しても、しなくても

強気な女

前に北京で、キャリア女性を囲んで食事をしていて、結婚の話題になったとき、その女性がはっきりと言った。

「私は美しく頭がいい。見た目だけでつき合いたいという男はいるだろうけど、彼らは私の話についてこられないと思う」

だから男に関心はないと。

一同、目が点になってしまった。誰もフォローできずにいる中で、彼女ひとり何ごともなかったようにゆうゆうと箸を運んでいた。

「負けるよなあ」

店を出てから、同席していた男性が溜め息をついた。彼女以外は、日本人の男女だったのだ。私もあっけにとられていた。たしかに彼女は美人だし、インテリとされる職業についてはいるが、日本人の考え方からすると、

「そういうのって、自分で言う？」

とりたてて常識はずれなわけではない、どころか、れっきとした社会人である彼女も、そのへんはやはりストレートなんだなと、あらためて感じてしまった。

私の知る限り、中国人の女性は気位が高い。ホテルの服務小姐《ウエートレス》がいい例だ。

私がいた頃の北京は、外資系のホテルがどんどん建ちはじめ、服務小姐は花形職業だった。外の世界と接する機会のまだまだ少なかった女性たちにとって、きれいなフロアーで、イングリッシュネームをもらって働くのは、あこがれだったのだ。

むろん、採用されるには、身長百七十センチ以上とか、容姿端麗といったきびしい条件をクリアしなければならないそうだ。服務小姐は、そうした高い競争率を勝ち抜いてきた女性たちなのである。

これが、客としては、すごくやりにくい。コーヒーショップでも、つーんとして立っているだけだ。

「私は世の中でいちばん美しいのよ」

と言わんばかり。「服務」する気などさらさらなさそう。選ばれた者であるという意識が、そうさせるのか。

思うに、彼女らは服務小姐になることを人生のゴールとは考えていなかったのだろう。

「私はこんなところでコーヒーを運んでいるような人間じゃないのよ」

との態度がありありだった。事実、のちに開かれたミスコンテストでは、ホテルというホテルからどっと応募があったとか。トップモデルに昇りつめ、外国の雑誌のグラビアを飾るまでになった人もいる。そんなこんながよけい、彼女らの上昇志向をあおりたてたに違いない。

彼女らのむき出しのプライドを、鼻持ちならなく思うこともあったが、あっぱれだとも感じていた。おそらく彼女らは、美しさも武器であり、力だと気づいた。

男をたぶらかすためといった、ちゃちな武器ではない。少し前まで、チャンスが閉ざされていた社会だが、これからは自分の力で人生を切り開いていけるのだと。

コーヒーショップでつーんと顎を上げていた彼女らは、その先の可能性みたいなものを見据えていたのかも知れない。

恋はエネルギー

女性どうし、知り合いの誰かれの話をしていて、ある人の名が挙がった。

「知ってる？　あの人、会社辞めてベトナムへ行ったよ」

おお、常に時代の波からとり残されがちな私の周囲にも、ついにアジアに転職組が出たかと思うと、

「違うんだ、それが」

旅行先のベトナムで、十も年下のベトナム人男性と恋に落ちた。帰国後も思いはつのり、何の目算もないまま、貯金を下ろし、海を渡った。まさに恋愛ドラマを地でいくような、運命の渦のただ中に飛び込んでいったのだ。そのために入社十余年のキャリアも捨てたという。

「なんとまあ、思い切りのいい」「国際的おしかけ女房になったわけね」。口々に感心していると、情報源の女性いわく、

「そうはいかないのよ」

男性にはすでに妻がおり、女もそれを知りながらのことという。そもそも男の方は、地の利というか、まさか後々日本から追いかけてくるとは思わずにゆきずりの恋のつもりで……とも考えられる。

今頃、かの地でくり広げられているであろうバトルを思い、一同、絶句してしまったのだった。

一年近くして、ようやく続報が入った。

「あの人、ほんとに転職組になったよ」

年下男とは、すったもんだあったが、「なんだ、私が熱を上げていたのは、こんな優柔不断なやつだったか」と気づき、憑きものが落ちたようにさめた。

その後の切り替えもまた、早かった。未練たっぷりの男を振り払い、ベトナムで職を得、あらたなキャリア人生を歩みつつあるのだとか。

「はー」と一同、溜め息をついた。「どこまでも前向きなのよね」。

大恋愛は、突き進んでいくときはもちろん、破れても人にエネルギーを与えるものだなと思った。あるいは、当人のキャラクターしだいだろうか。

愛想よりもお金

インドに行って腹をこわさなかったと話すと、尊敬される。ある会社の人は、男性ばかり十五人で団体旅行し、うち十四人が毎晩トイレとベッドの往復だったそうだ。「私は根性がないから、一流ホテルやレストランで火の通ったものしか食べなかったので、何ともなかったんだと思います」と言うと「われわれもそうですよ」。

食べ物にも気候にも、それほど参らなかった。子を産む生き物だけあって、男性より順応性が高いのだろうか。

その私もどうしても慣れなかったのが、人を使うこと。私が乗った列車（その名もロイヤル・オリエント）にも、サーバントなる人がつき、コーヒーは要らぬか何は要らぬかと、客の用を承るべく、ずっと侍っているのである。

人に仕えられるなんて経験のない私は、コーヒーを頼むにも、つい「ウッド・ユー・プリーズ〜？」「キャン・アイ・ハブ〜？」と疑問形になってしまう。逆に、インド滞在の長い日本人が「ブリング・ミー〜」と命令形で通しているのを耳にするたび、(なんか、相手を見下しているようで嫌だな)と反発を感じていた。

が、例えばホテルにチェックインして、部屋に入ったとき、あいにくチップ用の小銭がなかったりする。「ソーリー。ノー・スモール・マネー。サンキュー」。すると、荷物を運んできた男は、露骨に怒り出すのである。こちらとしては、(だから自分で運ぶって言ったのに)(ソーリーと詫びを入れてるんだから、そうモロに態度を変えることはないでしょうよ)。

そんなことが続いて、考えた。彼の働きに応えるのは、「サンキュー」でも笑顔でもなく、お金なのだ。人を使うことへのためらいから、どっちが客かわからない中途半端にていねいな頼み方をするより、堂々と命令形を用い、代わりに、正当な報酬を払う。お金で人を動かすみたいで何だが、ここでは、その方が社会のしくみにかなっているし、彼の誇りを尊重することでもあるのでは。

それからは、「愛想より小銭を身に着けよ」を肝に銘じて旅したのである。

楽してできるものはない

国際シンポジウムなるものに出た。といっても、飛行機に乗ってはるばるパリやジュネーブまで出かけていったのではなく、東京から「こだま」で二時間ほどの地方都市だ。テーマは子育て。

国際シンポジウムというと、さまざまな国の人が一堂に会し、英語でやり合うさまを想像してしまう。英語力のない私は、とてもとてもお呼びでないと思っていたら、声をかけてくれた人によると、今回のは、前半でアメリカ人、イギリス人が講演し、後半で日本人どうし話し合う。すなわち、「国際」といえども、外国人とサシでやりとりするわけではないらしい。ほっとして、引き受けた。

前半の講演は、客席に座って聴いた。英語、次いで日本語と、ワンセンテンスずつ訳すのかと思ったら、なんと全肘かけに同時通訳の機械がついており、イヤホンをすると即、日本語が聞こえてくる。文明の利器だ。なのに、私はまた、隣の人のイヤホンをしてしまい、その利器すら使いこなせないという恥をさらけ出してしまったが。

ようやく、正しく耳につけ、片方から英語、もう片方から日本語の、音声多重状況に入っていった。

私は実は、「聴くだけで話せる」とのふれこみの英語教材を、ひそかにとっている。ひと月に一本ずつ、テープが送られてくるもの。新聞雑誌でくり返し広告しているので、誰もが見たことはあると思う。

せっかくだから、効果のほどを試してみたくなった。ボリュームを最小にし、英語をメインに耳を傾ける。

マザー、チャイルドといった単語が聞きとれ、(何やら母子について話しているな)とはわかる。しかし、それは今日のテーマが子育てであることからして、はじめから知っているともいえる。

ボリュームの上げ下げに気をとられているうち、ふたりの講演は終わり、まわりの人が、

「いやー、アメリカとイギリスでただ一点、全然違うことを言っていたのが面白かったな」

などと感想を述べつつ席を立つ中、私は（え、そんな話あったっけ？）と、ちょっと焦ったが、まあ、ふたりと直接話し合うわけではないから、いいことにした。

後半のパネルディスカッションも無事終わり、控え室に戻ると、さきのふたりがにこにこと握手の手をさし伸べる。「交流の場」を設けようと、主催者側が連れてきたらしい。が、通訳はいない。「ほかの出席者の方々も呼んできます」。係の人はそそくさと行ってしまう。

（えーっ、そんな）

内心慌てふためいた。

（わ、私を置いていかないで）

胸のうちで叫んだ。が、無情にも彼らの前に私だけが残される。

アメリカ人がまず、

「あなたは何を書いているのか」

と質問した。私は、エッセイは英語でも「エッ」と詰まる音でいいんだろうかと訝しみつつ、

「エッセイ」

と答えた。すると彼は、

「何についてのエッセイか」

と突っ込んできた。

私の書くものは、「日常エッセイ」と呼びならわされている。直訳し、

「デイリーライフ」

と答えたが、スーパーの日用品売り場のような感じがしないでもない。

彼は、それ以上深い話を、私とするのを、あきらめたようだった。

続いてイギリス人が自己紹介してきた。イギリスでもイングランドではなく、スコットランドのアバディーン大学から来たそうだ。

私はたまたまアバディーンに、ツアーで行ったことがある。そう述べると、愛国心の強いスコットランド人のこと、

「リアリィ？」

と目を輝かせてきた。が、彼がノッてくれても、その先の話をくり広げる英語力は私にはない。しかたなく、

「アイ・ライク・スコットランド・ベリィ・マッチ」

とくり返しつつ、後はひたすらジャパニーズ・スマイルで、ほかの人たちが来てくれるのを、脇の下に汗をかきながら、じっと待っていたのである。

新幹線の駅で、ようやく解放されてから、私は深々と溜め息をついた。私の教材テープは、何を隠そう、すでに初級十六巻を終え、中級も早、九巻め、「政治と私」の巻に入っており、大統領選挙がどうのこうののテープを、来るときの「こだま」の中でも、聞いていたはずなのだ。なのに、自己紹介ひとつできないとは。

すっかりうちひしがれて、帰りの途に着いたのだった。

ヒーローを探せ！

野球観戦に行った。はじめての東京ドームなので、前々から楽しみにしていた。仕事先の会社の人に券をもらったのだ。巨人対ヤクルト。一塁側の内野席である。

足を踏み入れて、いちばんに感じたのは「おー、きれい」ということだ。ライトに照らされ、目のさめるようなグリーン。青いスタンド。知り合いで、イチローに熱を上げている人の気持ちもわかるな、と思った。

彼女がファンになったのも、このドームで日ハム—オリックス戦を見たのがきっかけだ。イチローのことは、むろんテレビで知ってはいたが、バッターボックスに立つ「生」の姿に、すっかり魅了されてしまった。

色の白さがグリーンに映え、一種の劇場効果だろうか、「とにかく、きれいなコなのよ」。携帯電話や手帳にも「ブルーウェーブ51」のシールを貼っている。

「でも、彼の方が十三も下なの」。恥じらうので、

「いいじゃない。別に結婚するわけじゃないんだから、いくつ違おうと」と言ったが、

「でも……」と身をくねらす。

（この人、結構、年下の男に入れあげてしまうタイプかも知れない）

と、ちょっと危なく感じたのだ。

別の知り合いで、ドーム通いをしている人は、

「あたしゃ、イチローみたいな、でき上がったヒーローにゃ用はない」

と言い切る。彼女は、まだ手つかずの若い選手を「発掘」するのが趣味だそうだ。

巨人の選手は、どうしてもテレビに映る機会が多く、面が割れていてつまらないので、もっぱら日ハムのときに行く。

私といえば、あいにく内野席のいちばんはしで、選手の顔まではわからず、一塁の清原の背中だけがよく見えた。

「なんか動きが重いですね」

「いよいよ中年太りの域に入ってきましたかね」

連れとともに評しながら、その清原でも、私よりはるかに年下であることに気づき、口をつぐんだのだった。

一回きりの見合い

畳の上に「の」の字を書くような、正統派の見合いはしたことはないが、その手前ならある。三十三のとき、私が独身なのを知った親戚の者が、これではいかんと思ってか、電話で「引き合わせたい人がいる」と言ってきた。学生時代の先輩で、彼がいたく尊敬している人だとか。

「かえって失礼になるといけないですから」「いやいや、単に食事をするつもりで」といったやりとりの末、三人で待ち合わせることになった。

その日が近づくにつれ、私は例えどんな人であろうと、百パーセント断るつもりになっていた。男性から電話がかかるようになったり、苦しい時間のやりくりをして会ったり、そういうことが今の生活に入ってくるのを、自分は望んでいないと、つくづくわかった。それでも当日は、好感度が高いとされるベージュのスーツを着ていったのだから、妙な心理だ。気に入られたいわけではないが、

「なるほど、これでは何とかしなければと、まわりが心配するのももっともだ」

とも思われたくはない。

いざ食事をはじめると、ものが喉を通らなくなった。明るく礼儀正しく、まさに非の打ちどころがない男性だ。だから困る。断わる理由のつけようがない。

にしても、どうもおかしい。話の中に、女房が子どもがといった言葉が混じる。よくよく親戚の言を聞けば、彼が見合いの相手ではなく、「先輩にはりっぱな部下がおありだろうから、独身で合いそうな人がいたら紹介してやって下さい」というのが、その日の主旨だとか。早く言え。

それきりだ。後は誰からも見合い話は来ない。意外なほど放っておかれている。先日、母がその件で人にこぼしたら、

「あーら、お嬢さんは、お仕事が楽しくてって方でしょう」

と朗らかに言われたと聞き、（これだな）と思った。今はいろいろな女性の生き方像が出回っているから、いい年して独身でも、まわりがよきに解釈してくれる。

そのへんは、むしろ男性の方がきゅうくつかも知れない。

いつまでも、ひとり？

ひとり暮らしのことをエッセイに書いているので、「三十代独身女性の本音」について、よく訊かれる「食事をするのも何をするのもひとりではさびしくないかと、われわれ男性はつい考えてしまうんですがね」。

たしかに、日曜の夜に外食をするときなど、思い当たる。趣味の本屋めぐりのため、張り切って回るうちついつい遅くなり、外ですまそうと駅ビル内のレストランに入る。注文をすませ、ふと気づくと、まわりじゅう家族か男女のふたり連れ。

（ははあ、これだな、彼が言っていたのは）

なるほど、はた目には「さびしい女」と見えるだろう。みじめな印象にならぬよう、できるだけ意気揚々と本の包みを開き、買ってきた本を読みはじめる。

前は、こういうシチュエーションにもいちいちめげていた頃があった。年齢にして三十前後。その頃は朝な夕なに、それこそ一日に何回も、さびしさのようなものを感じていた。「そのテーマなら任せて」と言えるくらい、ひんぱんだった。

ぽっかりと目が覚めて、自分が降ってわいたように、そこにいたとき。翻訳調なら「朝の光の中で、あおむけに横たわっている自分を発見した」とでも言うべき、あの瞬間。

自分はなぜ、ここにいるのだろう。何のため生まれてきたのだろう。

あるいは、夕方、ひとりで部屋に座っているときなど、しだいに濃くなる闇に背中から追い立てられるような、何とも言えない焦りを覚える。

このままでいいのか、このままただ年をとって、死んでいくのだろうか。

そう考えるとどっとうなだれ、ほとんど立ち上がれなくなるくらいの無力感にとらわれるのだ。老女になっても、毎日毎日、同じような夜が来るのだろうか。

「三十になるかならないかで、何が老女だ」

と今の元気な高齢者からは叱りつけられそうだが、そこまでいっきに考えがいってしまうのが常だった。

私は考えた。それもこれも「私はこのために生まれてきた」と感じられる確かなものを、自分はまだ得ていないからだ。

仕事がそうか？　が、仕事とはたいてい、その人でなくてもいい、ほかの人でも代われるものだ。仕事における自分は、取り替えのきく存在でしかないのである。

ならば結婚？　たしかにあれは、したことがない。そして、ある人の妻になれるのは、離婚や再婚の可能性はあるにしても、その時点ではただひとり。少なくともひとりの人間にとっての、唯一の存在となれる。

しかも、私が何より避けたい、アパートで老女がひとり、のパターンは免れるのだ。

思い立ったら直ちに動く私の癖で、さっそくまわりに言いふらした（表現は悪いが、まさにそういう感じだった）。そろそろ結婚したいと思う、と。ありていに言えば、誰かいないか訊いているわけだ。

が、そのうちに、どうも違うと思えてきた。ほんとうに何が何でも「結婚」をしたければ、私の性格なら、結婚紹介所に申し込むなり何なり、もっとやっきになって行動するはずである。けれどもただ、口で言うだけ。

さびしさの解消即結婚と結びつけるのが間違いで、そんなことでなくなるものではないことに、自分でも薄々気づいているのでは。

思えば、この頼りなさ、自分という存在をどうしたらいいか途方に暮れるような感じは、今にはじまったものではない。十代、いや、ことによるともっと前からあった。

二十代前半は前半で、「このままでいいのか」の思いが高じ、突然青年海外協力隊の募集要項をとりにいったり、日本語教師になる勉強をはじめてみたり、そうかと思うとばたっと会社を辞め、中国に留学してみたり、じたばたともがくうち数年間を過ごしてしまった。

つまり、この焦りや無力感は、これだ！　と言える仕事をしていないとか、結婚をしていないからといった「何かをしていない」せいではない。生きることと常にセットになっているのでは。そう考えた方が説明がつく。人はたぶん、「何のために生まれてきたか」との問いを一生考え続けるために生まれてきたのだ。

そう思いいたってからは、実は前ほどさびしさを感じなくなった。少なくとも、日が暮れたくらいで、「はーっ」と肩を落とし溜め息をつくようなことは、なくなった。

日曜の夜の外食のようなシチュエーションでも、前ならば、

（あー、孤独。やはり、このままではいけないわ。今のうちに何とかせねば）

と、そんなきっかけからも頭が結婚へと走っていただろう。が、今は、図としては、

（なるほど、いかにも「さびしい女」の図かも知れないな）

と思うが、本人は、単に家で作ったり洗い物をしたりの手間を省いて、なるべく早く読書にとりかかりたいだけとわかっているので、さばさばしたものである。どの本から読もうか、あれは風呂の中で……と、心の中で帰ってからの計画を、すでに立てはじめていたりする。そういう、自分の気持ちに従って一日の時間配分ができるのが、ひとりのよさだ。

別に「だから結婚しないと決めた」とか「既婚者よりひとり者の方が自由である」などと言うつもりはさらさらないが、ひとりのうちは、せっかくだから、ひとりならではのうま味を最大限味わいたいと思う。

まわりの三十代の女性たちも、もんもんとした時期をひとまず通り過ぎたせいか、男性たちの案に相違し、ひとりの時間を楽しんでいるようだ。けれど、あまり「さびしくありません！」と力を込めて言い張ると、

「強がっているが、ほんとうはさびしいのでは」とまたぞろ勘ぐられかねないので、

「そうですね、まあ、人間ですから、たまにはね」

くらいで適度に受け流すことにしている。

頼れるものは

連休が明けた火曜の昼、ビルの上の方の階で打ち合わせをしていた私は、窓の下に目をやり、（あれっ）と思った。向かい側のビルの前の歩道に人の列。一回二回と角を曲がり、果てはどこまで続いているかわからない。連休中に廃業することになった証券会社のビルだ。

「すごいですねー」。打ち合わせの相手はあっけにとられて見ていたが、私は内心そわそわしてきた。私も「顧客」なのである。

廃業はむろん新聞等で知っている。が、

（初日から詰めかけては、いたずらな混乱、ひいては社会不安を招く。こういうときこそ落ち着いて行動することがかんじんだ）

と事態を静観する構えでいた。しかし、そうも言っていられないのでは。

まさか「お金は先着何名さままでしか返しません」といった「早い者勝ち」の世界

ではないだろうけど、何らかの行動に出るべきだとの気がしてくる。

実は私は、連休明け早々にも、証券会社から通知があると信じていた。「この度弊社は廃業のやむなきに至り」と迷惑をかけたお詫びと報告、「お預かりしている資産はいくらいくらです、返還はこのようにします」と。

なのに、文書はおろか電話の一本かかってこない。これはもう、自分からとり付けにいかない限り、向こうから「お金を返しましょう」とは、けっして言ってこないとわかった。

翌々日、私は並んだ。寒風に吹きさらされつつ外に長時間立つことを考え、ヤッケを着込み、リュックの中に文庫本を三冊入れて。一時間ほどで店内に進んだ。

意外だったのは、さぞかし平身低頭しているだろうと思った社員が、全然そうではないこと。窓口を見ていると、女性はまだていねいに礼を尽くしているが、男性、特に三十歳以上くらいの社員は、ほんと、横柄だ。読者の方に関係者がいたら悪いけれど、ありのままを書くと、番が来て、窓口で向かい合っても、詫びの言葉ひとつあるわけではない。

お金についてはいついつに振り込む、社債の券についてはこの支店にはなく、とり寄せるので、後日とりに来てくれとのこと。

「で、いつ届くんですか」と確かめると、

「まー、こういう状況ですから、半月くらいかかると思うんで、その頃また電話してみて下さい」。その言い方にムカーッとし、

「そちらからご連絡いただくのがスジですので、到着しだい電話を下さい」

と言い置いてきた。

その後もまた、いついつに振り込むと向こうから言った日を一週間過ぎても振り込まれず、電話で再度キレたりし、

（ほんとうにもう、かつての顧客など、どうでもいいんだなあ）

と呆れた。あそこの社員は、再就職の引く手あまたと聞くが、どうしてあんな責任感のない人たちを欲しがるのか、理解に苦しむ。

もとはと言えば、自分が取引を結んだ会社。

（銀行に預けるよりちょっとは得かも知れない）

と小欲につられた私の方もあさはかだった。これからは「アリとキリギリス」のアリとなってコツコツと貯めよう。

ポイントの高い彼氏

「いやー、西と東で違うもんなんですねえ」

知り合いの男性が、感慨深げに語っていた。前の晩、テレビをつけていたら、大阪の女子高校生が出てきたそうだ。

茶髪にミニスカートにルーズソックスは、お決まりだが、その女の子たちが、なんと通りでホルモン焼きを食べていたという。串に歯を立て、口の方をま横に引っぱるように、抜きながら。カメラに気づくと、

「食わへんー？（関西弁として正しいかどうか知らないが、彼が再現したところでは）」

と串を突き出し、向こうからずんずん迫ってきた。

ルーズソックスとホルモン焼きという、組み合わせもさることながら、あまりにもあっけらかんとしたようすに、圧倒されたという。

私はずっと関東なのでわからないが、前に関西出身の若い女性と話したとき、しみじみと言っていたのを思い出す。

「東京の人ってほんとうに、初デートから、ドラマみたいな、すごいお店に行くんですね」

グルメガイドに出てくるようなイタリアンレストランで、ン万円のワインを開けてしまったり。

彼女によれば関西では、お好み焼き屋とかそれこそホルモン焼きといった店からはじめるのが、常という。「俺はこんな者やけど」みたいな、ダメ男的なところを先に見せてしまう。そのうち、つき合いが進行するにつれ、「たまには、本に載ってるようなとこ行こか？」となる。いわば、低いところから順々に上げていくのがふつうであって、いきなり高級なところへ連れていかれると、彼女からすれば、

「何、この人？」

の感を免れないのだそうな。東京の人間が「ええかっこしい」と言われるわけは、そんなところにもあったのか。

ほかの人も言っていたことだが、関西では「かっこいい」ことは、ポイントが高く

ない。代わりに何がよしとされるかといえば、やはり「面白い」こと。もてるもてないも、かなりそれに比例する。

別れ話では、シリアスな状況下でいかに笑いをとれるかで、男の真価が問われる。そのせいかどうか、結婚式における、新婦の「前の男」の出席率は、関東よりも高いそうだ（そういう統計があるんだろうか？）。「元カレ二号でーす」とマイクを握り、あれやこれやのエピソードを面白おかしく披露して、場を盛り上げるとか。いやはや。

さきの女性は、関西のお嬢さん学校とされるところの出身である。

「無口な人って、いないわけ？　クラスに」

と失礼ながら訊ねると、「いますよ、たまに」と答えてから、ぽつりと「でも、ギャグは言いますね」。

大阪で電車などに乗っていると、まわりの子どもたちのやりとりが、皆、漫才のように聞こえることがある。幼いながら、ボケと突っ込みのタイミングを心得ていると言おうか。「面白い」ことが評価される社会で、子どもの頃からしのぎを削ってきているだけあり、鍛え方が違うのだ。

画一化された国といわれる日本だが、文化の多様性を感じてしまう。

男たちは「少年」をめざす

隣町のデパートの一階に、そこそこ大きいアウトドアショップがある。ガラス張りなので中が見えるが、いつ通りかかっても人が入っている。特に男性。

休日など、女性、あるいは家族を連れてくるので、店内は込み合う。レジの前に列をなすほど。デパートのほかのフロアーはがらがらで、唯一、採算が取れているのは、あそこくらいではと思う。

アウトドアショップは流行りらしく、駅のまわりに、名の通った店だけでも、もとからある一軒のほかに、三軒が次々オープンした。何でそんなに賑わうのかと、私もときどき覗いてみる。

男性客のファッションには、共通したものがある。茶髪は少なく、会社にも行けるような、まじめな髪型。コットンシャツを、コットンパンツの中にきちんと入れ、茶の革のベルトを締めている。それでもって、ポケットから何気なくとり出すハンカチが、鳥や魚、あるいはアメリカの州立公園の地図をプリントした、バンダナだったりする。

靴は一見、ふつうの茶のローファーだが、実は「底がビブラムで、もともと登山用に作られたものを、タウンユースのデザインにしたもの」「ゴアテックスで、水がしみないようになっている」などと、いちいち「理由《わけ》」がありそうだ。靴によらず、身に着けているモノ一つひとつについて、機能を語りはじめたら、いくらでも言葉が出てきそうな雰囲気を、客たちは持っている。店の方もまた、彼らの心をくすぐるように、シャツひとつ並べるにも、値段のわきに「ポリエステル混紡素材で、速乾性に優れ……」といった講釈をつけるのだ。

（あれはいわば、機能オタクの世界だな）

アウトドアショップに足を運ぶ男たちを見るたび、思う。しかも野外で遊ぶのは、基本的に「いいこと」とされている。健康的で、自然やエコロジーといった時代の価値観にも合い、いかにも週末らしい感じがして、会社生活とのメリハリもつく。「家族皆で楽しめる」ので、家族への言い訳も立つし、テントを張ったり、野外でワイルドに肉を焼いたりするのは、ちょっとした力仕事で、男の、あるいはお父さんの腕の見せどころだ。それに、こういうことに夢中になれるなんて、自分の中にまだ「少年」がいるようで、俺も結構かわいいヤツと……までは思わないか。

しかし、「家族皆で」もよし悪しというか、趣味につき合わされる妻子の方は、どうなのだろう。アウトドアショップには、キッズコーナーなるものがあり、ディスプレイの襟元にはちっちゃなバンダナを巻き、お父さんのミニチュアみたいなのが飾ってあるが、あれを目にすると、

（何だかなあ）

複雑な気持ちになる。子どもにとっては、州立公園の地図のバンダナより、アニメのキャラクターのハンカチを買ってくれる方が、よっぽど「いいお父さん」なのではと。

前に取材で、休日にはオートキャンプを楽しむという、××さん一家（三十代夫婦、子どもふたり）に同行したとき、張り切って肉を焼くお父さんのそばで、

「私はヤなの」

と言い放ったお母さんが印象的だった。食器などの汚れ物は、結局家に帰ってから全部洗い直さなければならないし、肉だってかなり高くつく。

「それくらいのお金出すなら、座ったきり何もしないでいい温泉の方がずっといいわ」

主婦の本音と、深く納得したのだった。

頑張れる女の悲哀

ある女性と共通の知人について話していて、学生時代の知り合いの名が出た。

「知ってる？　彼女、弁護士の試験に受かったんだよ」

「ええっ」と思わず声を上げてしまった。彼女は法学部ではないし、そうでなくても、三十五を過ぎ、もの覚えがとみに悪くなっているこの頃だ。一から勉強し、合格してしまうなんて。

（はばたく人は何度でもはばたくものだ）と溜め息が出た。

彼女の来し方は、チャレンジの連続だった。就職難の時代に人もうらやむ外資系企業への入社を果たしたが、なぜか突然イタリアへ。語学学校に通うことからはじめ、日本の商社の現地スタッフとして働きだしたところまでは、聞いていたのだが。

実はこのところふたりの知人が、たて続けに海外へ旅立った。

ひとりは、数年前からイヤホンをつけて歩くようになり「語学をはじめたな」とは気づいていたが、ハガキが来て、なんとアメリカの大学に入ったと知った。

もうひとりは、ゴールデンウィークに「せっかく海外旅行するなら得るところがなきゃ」とオーストラリアのホスピスを回ったが、目覚めるものがあったらしく、会社を辞めて、かの地に渡ってしまった。

私は彼女らに、今の女性に少なくない、あるパターンを感じる。転職、留学をくり返したり資格試験をめざしたり。自分に対し、少し高めのハードルを設定する。

男性社会の中でやってきたから、そこそこ頑張れるタイプだし、勉強もさほど苦に感じずとり組める。余暇の方でも高い料金を払ってエコツアーに参加したりと、常に何らかの「目的」を持ち、そのための努力とエネルギーは惜しまない。

（しかし……）と、ときどき思う。次々とハードルを設けてはクリアすることをくり返し、彼女らはいったいどこへ行こうとしているのか。なまじクリアできるだけに、一生飛び越し続けていかなければならなくなるのではないか。

先々の想像がつかない彼女らに、ふと「頑張れる女」の悲哀を感じるのだった。

寝るのがぜいたく

出張先で泊まったホテルが、思いがけず温泉ホテルだった。感動。

「ゆうべ二回、早起きしてもう一回入りました」

次の朝、同行の女性に言うと、

「私、ひたすら寝だめした」

そうか、彼女が子持ちであることを思い出す。

日頃の睡眠不足から、欲も得もなく眠ったのだろう。「温泉」にも心動かされなかったところに、疲労の深さを感じてしまう。

前に彼女と、働く女性の服装について話したとき、

「どうして黒やグレーが多いんでしょう、知的に見えるからかな」と言ったら、彼女いわく、

「組み合わせを考えなくてもすむからよ」

夕飯のぶんまで作ったり、子どもを保育園に連れていったりと、ただでさえ忙しい朝だ。

「身じたくでチェックするのはただ一点、服に子どもの鼻水がついていないかどうか」

少子化が問題とされる。子なしの私も、出生率を下げているひとりだが、子どもが欲しくないわけではない。「母子関係がだいじ」といった情報も出回っているから、産んだあかつきには、ゆとりを持って子に接しなければなど、子育てに対する理想は、むしろ高い。

が、まわりで目の当たりにする現実とのギャップに、産む前からめげそうになる。

職場から保育園へ駆けずり回る日々の中、（ゆとりを持てと言われても、そりゃ無理だわな）と。

加えて、子持ちの男性と女性とのギャップ。働く女性は、一分一秒でも惜しんで、髪振り乱すように、保育園へ子どもを迎えに走るのに、男性は打ち合わせと称し、だらだら飲む。それでいて、定期入れに子どもの写真をはさんでいるくらいで「家庭的」と評されるのだから、母親はたまったもんではない。

という話をしたら、専業主婦の人が、

「あー、でも寝だめするチャンスがあるだけ、出張に行ける人が羨ましい。私なんて三百六十五日休みなしよ」

どっちにしても母親はたいへんなのだ。

オバサンはいくつから?

五十前後の男性と、若者について論じていて、何気なく「すでにオバサンの域に入っている私としては」と言ったとき、その人がまじめな顔で問うてきた。

「僕は常々理解に苦しんでいるんだけど、あなたくらいの年の女性は、なぜ自分のことを、そう言うの?」

私は私で「なぜ」との質問そのものに、とまどった。

自らをオバサンと呼ぶことは、同世代の女性との会話では、日常である。例えば社員旅行の話でも「オバサンにはついていけないものがあったわ」などとふつうに言う。ひがむのでも、すねるのでもなく、偽らざる実感だ。

五十の人には、二十代も三十代もたいして違わないように感じるかも知れない。が、当人としては、はっきりと差を感じている。体力的にも無理が利かないし、夜はなるべくうちにいたい。通りのまん中でどっと笑い声を上げるグループがいると、それだけで疲れる。服や化粧品を追求するエネルギーもなくなってきた。

ほかの世代の人に対して、自らをオバサン呼ばわりするときは、防衛本能もあるかも知れない。二十代と変わらぬ独身女性、とのスタンスで話し、相手から
（でも、この人、結構くたびれている）

と思われるより、オバサンであることを、先に表明してしまった方が、楽だ。

逆に「若いですね」と言われると、妙に構える。

「いやー、それほどでも」とはしゃいで照れたりすると、

（そうは言ったものの、笑いジワは、やっぱ年齢なりだよなあ）

と内心思われ、恥をかくから、気が抜けない。リアクションが難しいのだ。

「私も四十近くなって」などと言っている自分に、はっとする。少し前までは「三十過ぎて」だったのに。四捨五入して四十になったあたりから、このフレーズが増えてきた。

四十という、はるかかなたのはずだった年齢が、近づきつつある現実に、徐々に自分を慣らそうとしている。これもひとつの防衛本能だろうか。

気になる「老後」

三十を前にして、突然「老後」が気になりはじめた時期があった。子どものいない私は、自分で備えをしなければと、急きょ生命保険に入ったりした。

そのとき四十くらいだった女性に、その話をすると、「あなた、よくそんなことまで気が回るわね。私なんか、親の老後のことだけで頭がいっぱい」。

会社勤めの彼女は、母親とふたり暮らし。

「親に倒れられたらどうなるか、考えただけでぞっとする」日頃のその人に似ず、強い調子で言った。

今、彼女の年に近づいて、その意味をようやく実感しつつある。自分の何十年後と違い、親の介護は、いつ現実となってもおかしくない問題だ。

自治体からのおしらせなどに載っている「介護講習」の案内にも、つい目がいく。そのときになってからでは遅いから、前もって、少しでも楽な方法を習っておこうか。

寝返りひとつ打たせるにも、コツを知っているのと知らないのとでは、腰への負担がだいぶ違うというし。

（しかし、平日の昼間、全六回は、今の忙しさではちょっと不可能だな）

と先延ばししてしまう。そうこうするうち、「父倒る！」の報が入った。電車の中で昏倒し、救急車で運ばれたとか。

（来るべきものが来た）

受話器を置いて、覚悟した。私には姉がいるが、彼女は小さなふたりの子持ちである。私が父を看るしかない。母ひとりでは無理だ。

ファックスをまず買って、親の家に居を移そう。外での打ち合わせや取材をともなう仕事は、あきらめざるを得ない。いや、家で書く方だってどれくらいできるものか。部屋はそうないし、介護は二十四時間休みなしと聞く。その間、収入は？　あれこれ考え、すっかり血の気が引いてしまったのである。

幸い、父は私と同じく、重ね着のし過ぎでのぼせたものとわかったが、あのときの緊張は忘れがたい。今のお気楽な生活は、親たちが息災に過ごしていてくれてこそ成り立つものと思い知り、健やかであれかしと、ひそかに手を合わせるのだった。

四十前の大逆転

マンションを買うべきか買わざるべきか、これまでもさんざん書いてきたが、なんと、突然購入した。

ほんとうに突然だった。火曜の晩も、同じことについて、ああでもないこうでもないと、人と話していたくらいである。

水曜の夕方、早めに用事が終わり、

(久々にデパートでも行くか)

と、近くの駅で降りてから、たまたま月一回の定休日にあたることに気がついた。

(せっかくなら)

と思いつき、駅前の不動産仲介会社に寄ってみた。いわば、ほんの出来心だった。それも、初回からいきなり物件を紹介してもらうつもりはなく、そもそも「不動産取引とはどういうことか」という心構え的なところから入ろうとしたのである。

そこからが早かった。近くにある、私が前から、

（こういうところに住めたらいいな。しかし、このもったいないくらいの土地の使い方は、旧国鉄の社宅か老人ホームだろう）

と思っていた建物が、実は分譲マンションで、うち、ひと部屋がたまたま売りに出ていることがわかったのだ。

慌てて「失敗しないマンション購入法」みたいな本を買い、頭から読むのは間に合わないので、関係ありそうなところだけ拾い読みした。何しろ、実務的な知識の方は、まったくなかったから。試験直前の詰め込み勉強のようなものである。

売り主さんが家にいる日曜に見せてもらい、その日のうちに即決、月曜日には契約書を交わしていた。

仲介会社なるところに足を踏み入れてから、わずか五日間のできごとであった。

（女ひとりマンションを買うなんて、どんな熟慮断行だろう）

と想像もつかずにいたが、いざ自分の番になると、熟慮なんてものでは全然なかった。よく、「結婚ははずみと勢い」と言われるけれど、それと同じだろうか。

結婚との共通点としては、もうひとつ「縁」を、私は付け加えたい。もしもデパー

トが休みでなければ、仲介会社の前を通り過ぎていた。

また、後で知ったが、同じ日に何人もがその物件を見にきていたそうだ。仲介会社の人の車で会社に戻り、私が「では、買わせていただきます」と言ったちょうどそのとき、机の上の電話が鳴り、現地から別の人の購入申し込みの報が入ったのである。

まさにタッチの差であった。

このことについては、書きたいことが山ほどあるので、いずれ本にするつもりだが、自分でもまだ驚いている。

チラシを眺めては溜め息をついていた頃は、

(ああ、私はこうして現状維持でいいかどうか揺れながらこれはという出合いがなく、ズルズルと先延ばししたまま終わるのね)

と、半ばあきらめムードだった。その私にこんな日が来るとは思わなかった。

今は、結婚の予定はまったくないけれど、今後もしそういうことがあるとしたら、このような「一発大逆転」的展開に期待している。

結婚しても、しなくても今、これから〜あとがきに代えて

二十代の終わりの、何となく落ち着かない頃は、まわりの女性で結婚した誰かれを思い出しては、複雑な気持ちに陥っていた。

仕事問題も結婚問題も、答えの出ない自分に比べ、彼女らは少なくとも後者に関し「これだ!」と言えるポジションをしっかりと得たのである。

(このままだと、ずっとひとりか)

(それは、ちょっと……)

(だが、しかし、相手が誰でもいいってもんでもないし)

悶々としつつ、とりあえず備えをと、証券レディにすすめられるままお金を預けたりしたが、そのてんまつはこの本に書いたとおり。焦るばかりで、現実は何も変わっていないのだった。

そうこうするうち、結婚した人たちの中では、子どもができる。あるいは、早くも

離婚する人も。

既婚、子なし、専業主婦。既婚、子なし、仕事持ち。既婚、子あり、仕事持ち。未婚、独身。離婚、独身……「順列と組み合わせ」のように、ありとあらゆるパターンが、三十過ぎて、どっと出てきた。

むろん、可処分所得も使える時間も、まるで違う。

コマーシャルなどでよく「三十代女性」をうたい文句にするのを聞くたびに、

(ひと口にそう言っても、この年代って、いちばん「ばらける」年代なのに)

と思っていた。

が、やがて、そうした差異すらも気にならなくなってきた。

私だけではないらしく、ひとり暮らしの中でのできごとをエッセイに書いても、既婚者から、

「そうそう、そういうことってありますよね。私なんかも……」

といった便りが来る。

(日常の場面では、皆、同じようなことをしているのだな)

と、そっちの方の感を、むしろ強くした。

生活の底のところでも、そうだろう。妻になり母になっても、ゴールに着いたわけではなく、そのときどきで何らかの問いが、頭をもたげてくる。

このままでいいのかとの思いや、未解決の問題を、常にどこかに抱えながら、あたふたと日々を過ごしていく。生きるとは、たぶんそういうこと。結婚しても、しなくても、そのありようは同じだ。

そんなふうに、今は考えている。

岸本葉子

本書は、株式会社マガジンハウスより刊行
された単行本を、文庫化したものです。

岸本葉子（きしもと・ようこ）
一九六一年、神奈川県生まれ。東京大学教養学部卒。生命保険会社に勤務の後、二十五歳の時、北京に留学。著書に『女の分かれ目』『家もいいけど旅も好き』『女の底力捨てたもんじゃない』『「和」の旅、ひとり旅』など多数がある。

知的生きかた文庫

結婚《けっこん》しても、しなくても

著者　岸本葉子《きしもとようこ》
発行者　押鐘冨士雄
発行所　株式会社三笠書房
郵便番号一一二―〇〇〇四
東京都文京区後楽一―四―一四
電話〇三―三八一四―一一六一〈営業部〉
〇三―三八一四―一一八一〈編集部〉
振替〇〇一三〇―八―二二〇九六
http://www.mikasashobo.co.jp
印刷　誠宏印刷
製本　宮田製本

Printed in Japan
ISBN4-8379-7275-6 C0195
落丁・乱丁本は当社にてお取替えいたします。
定価・発行日はカバーに表示してあります。

「知的生きかた文庫」の刊行にあたって

「人生、いかに生きるか」は、われわれにとって永遠の命題である。自分を大切にし、人間らしく生きよう、生きがいのある一生をおくろうとする者が、必ず心をくだく問題である。

小社はこれまで、古今東西の人生哲学の名著を数多く発掘、出版し、幸いにして好評を博してきた。創立以来五十余年の星霜を重ねることができたのも、一に読者の私どもへの厚い支援のたまものである。

このような無量の声援に対し、いよいよ出版人としての責務と使命を痛感し、さらに多くの読者の要望と期待にこたえられるよう、ここに「知的生きかた文庫」の発刊を決意するに至った。

わが国は自由主義国第二位の大国となり、経済の繁栄を謳歌する一方で、生活・文化は安易に流れる風潮にある。いま、個人の生きかた、生きかたの質が鋭く問われ、また真の生涯教育が大きく叫ばれるゆえんである。そしてまさに、良識ある読者に励まされて生まれた「知的生きかた文庫」こそ、この時代の要求を全うできるものと自負する。

本文庫は、読者の教養・知的成長に資するとともに、ビジネスや日常生活の現場で自己実現できるよう、手助けするものである。そして、そのためのゆたかな情報と資料を提供し、読者とともに考え、現在から未来を生きる勇気・自信を培おうとするものである。また、日々の暮らしに添える一服の清涼剤として、読書本来の楽しみを充分に味わっていただけるものも用意した。

良心的な企画・編集を第一に、本文庫を読者とともにあたたかく、また厳しく育ててゆきたいと思う。そして、これからを真剣に生きる人々の心の殿堂として発展、大成することを期したい。

一九八四年十月一日

刊行者　押鐘冨士雄